D0962744

Nen, la inútil

Esta novela fue escrita con el apoyo del
Sistema Nacional de Creadores de Arte (FONCA)

Nen, la inútil

Ignacio Solares

NEN, LA INÚTIL
© 1994, Ignacio Solares
De esta edición:
© 1994, Aguilar, Altea, Taurus,
Alfaguara, S.A. de C.V.
Av. Universidad 767, Col. del Valle
México, 03100, D.F.
Teléfono 604 9209

- Ediciones Santillana S.A.
  Carrera 13 N° 63-39, Piso 12. Bogotá.
- Santillana S.A.
  Juan Bravo 3860. 28006, Madrid.
- Santillana S.A., Avda San Felipe 731. Lima.
- Editorial Santillana S.A.
  4ta, entre 5ta y 6ta, transversal. Caracas 106. Caracas.
- Editorial Santillana Inc.
  P.O. Box 5462 Hato Rey, Puerto Rico, 00919.
- Santillana Publishing Company Inc.
  901 W. Walnut St., Compton, Ca. 90220-5109. USA.
- Ediciones Santillana S.A.(ROU)
  Boulevar España 2418, Bajo. Montevideo.
- Aguilar, Altea, Taurus, Alfaguara, S.A.
  Beazley 3860, 1437. Buenos Aires.
- Aguilar Chilena de Ediciones Ltda.
  Pedro de Valdivia 942. Santiago.
- Santillana de Costa Rica, S.A.
  Av. 10 (entre calles 35 y 37)
  Los Yoses, San José, C.R.

*This edition is distributed in the United States
by Vintage Books, a division of Random House, Inc.,
New York, and in Canada by Random House
of Canada Limited, Toronto.*

Diseño: Enric Satué
© Cubierta: Carlos Aguirre
ISBN 968-19-0229-7

Impreso en México

Para Myrna, aquí y ahora,
allá y entonces.

*"Hay que imaginar a Hernán Cortés
extraviado en una geografía invisible."*
JAVIER SICILIA

I

Todo eso había tenido el aire de un juego infantil con los ojos cerrados, la gallinita ciega golpeándose con las bancas y los troncos de los árboles del jardín, las cosas que empezaron a suceder por debajo de la venda, la primera visión que tuvo de los teules: nimbados, envueltos en refulgentes armaduras de plata, sólo visibles las caras tan blancas como la cal y una barba amarilla, encarrujada; integrados a sus caballos, que ella confundía con grandes venados cuando los soñaba de niña.

Los caballos que ahora pasaban con el traqueteo rítmico de sus cascos por la ancha calzada que iba de Ixtapalapa a Tenochtitlan, a través del lago espejado. Los verdaderos dioses en aquella tumultuosa entrada a Tenochtitlan, con todo su ser en efervescencia, como asombrados ellos mismos del arribo al otro mundo. La turbulencia de sus ojos saltones se exacerbaba con la multitud que los rodeaba, con el jaloneo de las riendas de los jinetes que los montaban, con el duro aguijón de las espuelas. Las colas y las crines se alborotaban y abrían unos grandes belfos, espumosos y como sangrantes.

Hernán Cortés su caballo zaíno con motas blancas, de pisada firme.

Pedro de Alvarado una yegua alazana, de temperamento ecuánime y muy buen jugo.

Alonso Hernández Puertocarrero la yegua rucia de buena carrera que Cortés le adquirió en Cuba a cambio de unas lazadas de oro.

Juan Escalante un castaño claro, tersalbo.

Francisco de Montejo un alazán tostado, de andaduras vivas pero poco útil para las cosas de guerra.

—Sorprendente el primer hombre español que soñó amorosamente con una india mexicana. Sorprendente el primer hombre español que se supo ligado a una india mexicana para siempre, por toda la eternidad —dijo Felipe.

—No menos sorprendente; o, mejor dicho, mucho más sorprendente, la primera india mexicana que soñó amorosamente con un hombre español. La primera india mexicana que se supo ligada a un hombre español para siempre, por toda la eternidad; después del trato que les dimos de llegada, ¿no? —contestó su compañero.

—Y si a esas vamos, sorprendente el primer español que posó sus ojos sobre Tenochtitlan.

—¿Te acuerdas, Felipe? Fue en Tláhuac, camino de Ixtapalapa.

Las brumas de las altas montañas coronadas de espuma se abrieron y dejaron entrever el amplio valle verdeante, batido por un aire tan claro que era como un cristal que lo envolvía.

Felipe parpadeó y al contemplar la ciudad una como punzada en el pecho le advirtió de la muerte que ahí le aguardaba.

La ciudad estaba en el centro de una laguna como una gran flor de piedra flotante. Encalada, limpísima, con torres llenas de labores, de grecas, que remataban las altas techumbres de los adoratorios; atravesada por canales, cortados de trecho en trecho por puentes y transitados por infinidad de canoas, entre las salpicaduras verdes de unos huertos flotantes. Había también las masas rectangulares y perfectas de los palacios y las plazas. Sobre las aguas una suave neblina se extendía, deshilachándose.

Iniciaron el descenso y a Felipe le zumbaban los oídos y se sentía un poco mareado, quizá por el aire tan delgado al que se metía; un aire como no lo había respirado nunca antes y que producía una necesidad constante de suspirar. La procesión iba a un paso ceremonioso y lento; las patas de los caballos caían pesadamente en el camino agreste y las grandes ruedas de las lombardas retumbaban y producían un eco que iba a rebotar a las altas montañas nevadas que dejaban atrás. ¿Te acuerdas, Felipe?

Los animales que la desvelaban, porque había noches en que apenas cerraba los ojos los veía. Su madre la regañaba, le decía que no cenara mucho para no verlos. Ni una tortilla más, niña, que luego te vienen las pesadillas y tampoco a nosotros nos dejas dormir. Pero ella sabía que no era por la cena: era por los malos sueños a los que estaba atada desde que por unos cuantos días no nació dentro de las fechas de la renovación del fuego, sino en nemontemi, los cinco días suplementarios del año, y por eso en lugar de llamarla Xiuhnenetl, como le hubiera correspondido, le pusieron Nencihuatl, que significaba mujer que acarrea desdichas, estigma difícil de superar en la vida diaria, muy especialmente al cerrar los ojos por las noches. ¿Podían haber sido otros sus sueños? Incluso, desde niña, sus hermanos y sus amigas empezaron a llamarla simplemente Nen, o sea la inútil. Se portara bien o mal, trabajara o no, ella era Nen. Lo curioso es que nentemictli significara sueño vano, algo en verdad contradictorio después de que, precisamente por sus sueños y visiones —y la elevación del cuerpo que a veces le provocaban—, tuvieron que separarla de su familia y llevarla al palacio del emperador para que la estudiaran médicos y hechiceros y un tlacuilo dibujara sus visiones, ya que era una vidente natural, de las que ven-en-la-lejanía.

En la escuela, entre los diez y los catorce años, había sido lo mismo, y aún peor que en su casa: siempre retraída, viendo cosas que nadie más veía, incapaz de integrarse al grupo de compañeras. Su padre era recolector de tributos y gracias a ese cargo sus hermanos y ella pudieron estudiar en el exclusivo Calmecac, orientado hacia la educación social y religiosa. Ahí aprendió los mejores modales, estudió los libros sagrados, algo de música y pintura hierática; a hilar y a tejer mantas para los altares y los númenes. Lo más doloroso eran las penitencias a media noche, después de que ella apenas si había logrado dormir. A esas horas, en procesión y cantando, las llevaban a realizar baños rituales en los helados estanques de la escuela, lo que terminaba por espantarle el sueño. Por la mañana —ella siempre medio atolondrada—, además de las clases normales, recolectaban leña, barrían y regaban el teocalli —en la pequeña parte no reservada a los hombres, con quienes tenían prohibido intercambiar palabra—, inciensaban los altares, atizaban los fuegos sagrados y presentaban comidas a los dioses: todo tipo de guisos deliciosos que ellas mismas preparaban, pero que tenían prohibido probar.

Se decía que los dioses consumían sólo el olor, quedando el resto para el sustento de los sacerdotes, quienes lo comían ávidamente.

Tres veces al día las reunían las superioras para amonestar el cumplimiento de los deberes, castigar a las negligentes —un día de ayuno— o imponer un regaño especial a quienes hubieran faltado a la modestia o se hubieran reído: algo difícil de aprender a esa edad, pero de lo más necesario. Nadie reía a su alrededor. Por eso a una mala alumna se le decía necacayaualiztica, hazmerreír. Hazmerreír era lo peor que le podían decir a alguien. Con el llanto de los niños se honraba a los dioses, pero con la risa sólo se conseguía enfurecerlos. En una ocasión, siendo muy niña Nen, su padre le clavó la punta de un maguey en el labio inferior por haberse reído de su hermano al oírlo practicar "los ruidos de la guerra". Con una macana erizada de navajas de obsidiana, y entre continuos saltos y giros, como retando a su propia sombra, lo oyó imitar los agudos chillidos de las águilas, los ásperos gruñidos del jaguar, los roncos gritos del búho y cuando intentó imitar a un tiplado perico, Nen soltó una carcajada. Su padre primero la golpeó en una mejilla y luego le clavó una espina de maguey en el labio inferior, que tuvo ahí durante horas, casi hasta la hora de dormir, sin dejar de sangrar. Además, largo tiempo le prohibió jugar patli, su juego predilecto, el de los frijoles saltarines dentro de un círculo en la tierra.

Al palpar la cicatriz, Nen siempre tenía la sensación de palpar también la sangre cálida que había fluido profusamente de la herida.

Con sangre se veneraba a los dioses, con sangre se marcaban los límites de las propiedades, con sangre se castigaban el hurto y la maledicencia, con sangre los hombres se hacían hombres y las mujeres mujeres; sangre bebían una buena educación y cualquier posible felicidad futura, en este mundo y en el otro.

En algunas fiestas prescritas por el rito se les permitía bailar, emplumarse los pies y las manos, pintarse los dientes y ponerse axin azul, rojo o amarillo en las mejillas. En tales ocasiones a Nen le gustaba recoger su pelo, atezado y abundante, por encima de la cabeza, dividiéndolo de tal manera que formara dos capullos.

Fue en ocasión de la fiesta a la diosa Uixtociuatl en que al bailar tomada de las manos de sus compañeras de la escuela, sintió por primera vez como que algo dentro de ella quería elevarse sobre el suelo, salírsele del cuerpo. Quizá le influyeron las vueltas, o el cansancio, o el retumbar de un tambor de concha de tortuga que tenía muy cerca, o el penetrante olor de las guirnaldas, pero tuvo que detenerse, salirse del grupo, recostarse unos minutos sobre la tierra y respirar profundamente, según le aconsejó la superiora. Pasó el mareo y pudo continuar, pero supo que, en ciertas ocasiones, su cuerpo no era sólo de ella.

La sensación se acentuó y tomó verdadera forma con las primeras caricias de su hermano.

También, gracias al trabajo de recolector de tributos de su padre, pudieron hablar con los médicos y brujos de palacio y llevarla a que la curaran después de que una mañana él la encontró suspendida sobre el suelo, como si flotara, en el jardín de la casa. Pero en lugar de curarla y regresarla a su familia, la obligaron a permanecer encerrada en palacio.

Él estuvo la luminosa mañana de febrero en que los once navíos partieron rumbo a Cozumel. Un pequeño caserío pesquero se extendía a lo largo de la playa sucia, cubierta de algas muertas y breas derramadas, donde pululaban cangrejos entre maderas rotas y sogas podridas. *Un muelle de tablas, dañado por el peso del bastimento con que se habían cargado las naves —siempre posibles arcas de Noé—, avanzaba hacia el mar turbio, cuyas ondulaciones apenas si hacían espuma.*

En la capitana ondeaba, esplendente, la bandera de Hernán Cortés, de fuegos blancos y azules, con una cruz encendida enmedio y una leyenda que decía: "Sigamos la señal de la cruz con una fe verdadera, que con ella venceremos".

Hacia allá, hacia la señal de la cruz, Felipe.

Su corazón parecía un bombo cuando la nave abrió su cola de pavorreal y empezó a arrancarse a la imantación de la playa, conducida apenas por un suave céfiro. La proa enfrentó con una cabeceada la primera ola alta. ¿Había regreso? Felipe recordó el caso de aquel marinero que, decían, se suicidó apenas salieron a mar abierto. El problema fue su arrepentimiento súbito, en el instante mismo de caer al mar. Gritó y manoteó, pero por más intentos y sogas que le lanzaron, no lograron rescatarlo y lo vieron hundirse desesperado, con una última mano crispada en alto. ¿Cómo podían saber que se lanzó para suicidarse? ¿Por qué suponer su arrepentimiento apenas cayó al mar? ¿Lo gritó —¡que siempre sí quiero vivir!—, se los dijo con los ojos, con los gestos, lo intuyeron? ¿No sabía nadar? ¿Un marinero? ¿Y por qué apenas se desprendió de la tierra? ¿Y si deveras fuera así, Felipe? Crujieron los mástiles, las jarcias; las vergas gemían al girar en sus goznes.

Le creaba escalofríos la idea de que una nave se perdiera en el horizonte, como si dejara de existir. Aunque él mismo fuera en esa nave y se dijera: yo voy en la nave, luego aquí sigue, tiene que seguir. Imaginó a la gente de la playa, que había ido a despedirlos, mirándolos achicarse, volverse apenas del tamaño de las gaviotas cuando vuelan al ras de las olas. Y luego, nada, sólo el mar vacío.

Ellos, por su parte, perdieron rostros y cuerpos; miraron la vegetación alejarse tierra adentro, las playas fueron a cada instante más anchas y desoladas.

Alonso Ávila un caballo llamado el "Zaino", medio pajarero.

Juan de León la "Rabona", yegua rucia, muy poderosa, revuelta y de buena carrera.

Francisco de Morla su castaño oscuro, corredor y revuelto.

Miguel Lares su brioso castaño claro.

González Jiménez un caballo oscuro, lucero prolongado, muy bueno y corredor.

Lope Morón llevaba un overo, labrado de manos, bien revuelto.

Pedro González Trujillo un overo, algo sobre morcillo.

Los caballos martilleaban el escarpado camino de la ancha calzada de Ixtapalapa. Levantaban a su paso nubes de polvo que la clara luz de la mañana tornasolaba. Los caparazones de hierro —dentro de los cuales asomaban rostros crispados, ojos que papaloteaban dentro de sus órbitas— les daban un aspecto sobrenatural, inhumano. Caballo y caballero: indivisible unidad, algo como un único y monstruoso ser animado, con mágicos poderes, le parecía a Nen.

Había una gran convulsión en cubierta. Los contramaestres gritaban, desgañitándose. Otros trepaban por los obenques, tensaban las jarcias, hacían girar un cabrestante al que la sal volvía cada vez más pesado; revisaban minuciosamente el trinquete. Las velas hinchadas emprendían el vuelo y los últimos pájaros que acompañan a las naves que parten —esos pájaros que nunca nadie sabe bien a bien de dónde surgen ni en qué momento se esfuman, ya en mar abierto— volaban enloquecidos entre las altas arboladuras, contagiados de la agitación del arranque, del suceso brutal de desprenderse de la tierra. Un vigía trepó decidido por las gradas de soga, meciéndose peligrosamente en el vacío cuando le fallaba el paso, y ya en la cofa se irguió como un albatros que ahuecara las alas y se posara sobre la nave entera.

A Felipe le parecía que no avanzaran de tanto tener que orzar el rumbo para imponerse a las corrientes contrarias. Estaba nervioso: era un sueño ir ahí. Respiraba a pleno pulmón el aire yodado, salino, que atemperaba el olor a polvo, a sudor, a caballo. Con aquel sol inquebrantable que los seguía, brillaban las armaduras, las espadas, las ballestas, como recién salidas de la armería. El relincho de los caballos, el ladrido de los perros, hasta el balido de un carnero, que subía lastimoso de las bodegas, delataban unos corazones convulsos, como los corazones de todos los que iban en la nave.

Pero ella no sólo los soñó así, entrando a Tenochtitlan en procesión, sino apareciendo de pronto en una de las ventanas de su casa, mirándola con esa mirada de ellos, como su relincho, entre furiosa y de quejumbre. ¿Por qué los ojos de los caballos parecían siempre llorosos?

A veces, en la noche alta, la despertaban ruidos que ella relacionaba con la cercanía de los caballos, con alguna patada en la pared encalada o con un como relincho lejano que la obligaban a sentarse en la estera, a frotarse los ojos, a asomarse por la ventana y buscarlos entre las sombras. Entre las sombras más próximas o aún más lejos, en la unión difuminada de cumbres y estrellas.

—Es el viento, ya duérmete —le decía su madre.

O:

—Niña, deja de decir que ves cosas que nadie más ve. Te vas a pasmar.

A veces, por miedo a los regaños, sus ojos cerrados simulaban dormir, pero bajo los párpados se sucedía el tropel de imágenes.

Soñó con miles de caballos desbocados en un gran páramo azogado, como de agua.

O soñó que se descolgaban por una pared de rocas y se precipitaban a galope hacia un río. Parecían a punto de rodar en esa bajada casi vertical pero mantenían el equilibrio, y ella los veía pasar, raudos, usando las patas traseras como freno.

Y los soñó heridos por flechas y lanzas. O tumbados, varados, con un relincho ahora sí abiertamente suplicante, agonizando, levantando sus largos pescuezos para buscar el aire que se les iba.

Soñó un caballo con tres patas y un muñón sangrante, que brincaba y rebrincaba enloquecido, como queriendo morderse la cola.

Soñó uno parándose de manos al tiempo que le mostraba la panza y una hilera de amenazantes dientes amarillos, y otro, enorme, blanquísimo, que deveras entraba en su casa una de esas noches horribles, y que los obligaba a todos —padres e hijos— a replegarse a las paredes, a encogerse, a ponerse en cuclillas, a ovillarse, ¿a pedir perdón de qué?

—*Una verdadera locura ésta de hacerse a la mar, Felipe —comentaba Juan, un soldado del que se hizo amigo en Cuba compartiendo paseos a las playas de Santiago de Baracoa, hermosas nativas, algunas garrafas de vino tinto y, lo más importante, un cierto tono grave y hasta metafísico en las pláticas. Además, su mayor edad y su vasta experiencia como soldado ofrecían a Felipe, quien acababa de alistarse, una enseñanza necesarísima. Desde que se aficionó al tabaco en Cuba, Juan no soltaba una pequeña pipa de caña—. La razón debería impedirnos salir a mar abierto, abandonar a los nuestros; la tierra, que es el único sitio en donde deben asentarse nuestros pies. Lo demás es pecado —el humo de la pipa dibujándole helechos en la cara.*

Felipe lo contradecía: quizá porque acababa de alistarse, pero qué emoción terrestre podía compararse con la de cruzar el gran mar, plantar sus espadas en las ardientes riberas del nuevo mundo, quemar templos diabólicos, derrumbar ídolos, sojuzgar a los idólatras, difundir la palabra de Cristo, algo que había que vivir. Felipe aseguraba que desde muy niño reafirmó su decisión de hacerse a la mar cuando, en una carpintería cercana a su casa en Sevilla, veía cepillar un gran mástil, o cuando las sábanas que se oreaban en el patio le semejaban, ya, velas hinchándose. Podía estarse horas a la sombra de un velamen, mirando las olas, con el alma a salvo.

—El putañero, que también soy, lo dejo en tierra. El mar me redime.

—El mar es la nada, de la que venimos y a la que vamos —replicaba Juan, el polemista.

El alistamiento como soldado y la partida de Sevilla rumbo a Cuba habían reconciliado un tanto a Felipe con su madre y con su abuelo, con quienes vivía desde que su padre, también soldado, murió en la campaña de Italia. Un tanto pero no lo suficiente. La relación estaba seriamente afectada desde tiempo atrás. Una espina en el corazón de los tres, te juro, algo con lo que no podía más. ¿Tienes alguna idea de lo que es vivir, como hijo único, con tu madre y con tu abuelo? O pones muros o mar de por medio o te condenas a las llamas eternas definitivamente, ahí mismo, en tu propio hogar. O el convento o las armas, sencilla elección si mi vocación religiosa acababa de frustrarse dramáticamente. Después de todo, un soldado español es alguien, ¿no? Las comisuras de la boca de Juan se distendieron en una mueca sarcástica.

Dentro de un puchero, su madre le recordó a Felipe la sangre aragonesa y catalana que llevaba en las venas por el lado de ella, casi nada. Los aragoneses conquistaron las Baleares, Sicilia, Cerdeña, Córcega y los lejanos ducados de Atenas y Neopatria en Grecia. Por otra parte, por la rama de su abuela materna, los catalanes fueron los últimos soldados que combatieron en los muros de Constantinopla contra las huestes de Mahomet II. Soldado español, hijito mío. Hasta un pez que quisiera cruzar el Mediterráneo debía llevar sobre sus escamas las barras de Aragón. ¿Cómo no correr detrás de tal relumbre?

—Una locura.

—¿Cuál?

—Ésta, la de ser soldados.

—¿Y el convento?

—Peor.

—¿Entonces?

—Darse cuenta de que todo es locura y ya, qué más. Locura que transita por las calles enmascarada, sube a las naves, toma las armas, descubre nuevos mundos; locura implícita en el orden establecido, en las leyes que nos gobiernan. Locura pura. ¿Sabías que en tu amada Sevilla hay ahora una ley que prohíbe pintar cruces blancas en los basureros y en las puertas de los burdeles? Dice la ley que con esas cruces no sólo no se evitan basureros y burdeles, sino que se da lugar —nomás imagínate— a basureros y burdeles en apariencia santificados con cruces blancas a sus entradas. ¿Lo sabías? Entérate de lo que sucede a tu alrededor.

Los labios de Felipe se curvaron apenas en un mohín conciliatorio. Juan continuó, enfático:

—La ventaja es que nosotros los soldados tenemos nuestras propias canonjías, te lo reconozco. Encontré en uno de los arcones que acabamos de bajar a la bodega este trozo de las Noticias de Madrid, por ahí olvidado. Tú sabes que ni siquiera Madrid —donde el gobierno evita normalmente que permanezcan tropas, con excepción de las guardias reales— escapa a las fechorías que cometen nuestros queridos compinches. Qué gremio el nuestro, Felipe. Oficiales en desgracia que asedian las oficinas del Consejo de Guerra y las an-

tecámaras de palacio; inválidos de guerra, verda-
deros o simulados, que solicitan la caridad de los
transeúntes narrando sus hazañas, ablandando
los corazones más duros; soldados que saben lo
que es el hambre y están dispuestos a apagarla
aun a costa de la cárcel. Soldados de España, en
fin, que nos refieren a lo más sagrado que posee-
mos, ya no se diga a lo familiar como en tu caso.
Por eso mira, lee este trozo de nota, entérate.

"No hay noche de Madrid en que ladrones y
soldados no vuelvan a cobrar nuevas víctimas,
que por lo general amanecen en las calles, muer-
tos o heridos; lo mismo que casas escaladas y don-
cellas o viudas llorando violencias y robos. Tanto
puede la confianza que tienen los soldados espa-
ñoles en ser protegidos por el Consejo de Guerra,
que se han vuelto un peligro público. En Madrid
han muerto atrozmente, en tan sólo los últimos
quince días, setenta y están heridos en los hospita-
les otros cuarenta, entre mujeres y hombres atra-
cados. Hazañas éstas de soldados, defensores de la
patria."

Y Juan metió el mar dentro de una voluta de
humo.

Esos sueños —sueños que en realidad eran y no
eran, duermevela que disuelve la frontera entre la vigilia
y el dormir—, le continuaron aún después de que se hizo
mujer y sus pechos crecieron y se redondearon y empezó
a asentar el pie más pesadamente sobre la tierra, dejando
una huella más profunda. Sueños que, decía, le provocaban más miedo que la realidad misma. Más que haber
visto a la muerte en el momento exacto de llevarse a su
hermana mayor, arrancarla del lecho con un último que-

jido hondo, gutural, tras una larga enfermedad en que su cuerpo se fue achicando y consumiendo hasta casi dejarla convertida en un puro montoncito de huesos blandos.

O haber visto el sacrificio de un esclavo que poco tiempo antes su padre había comprado en el mercado de Tlatelolco, y del que le encantaba la mirada tan baja, oblicua, siempre al soslayo; como si no pudiera mirar a la gente —absolutamente a nadie— directamente a los ojos. Una mirada que, a pesar de todo, era de lo más viva y cálida y que a ella le estrujaba el corazón. En el recuerdo del sacrificio se le mezclaban la madrugada fría con unos restos de neblina como jirones del sueño del que salía; músicos que tocaban atabales, flautas de caña, pinzas de cangrejo que producían un obsesivo clac-clac, o soplaban hondamente en los caracoles marinos; danzantes con los rostros cubiertos con papahigos de pluma para simular animales fieros que, entre brincos y giros, parecían a punto de pelear.

Vio al esclavo subir lentamente la escalinata de la pirámide —con sus ojos aún más bajos, y que por momentos ella sentía como suyos, veía todo a través de ellos—, casi desnudo y con las manos atadas a la espalda. En lo alto fue recibido por los sacerdotes —como grandes pájaros— con mantas rojas a manera de dalmáticas, unas flecaduras verdes y amarillas en la cabeza y gruesas arracadas de oro. Empuñaban humeantes hachones de leña para ayudar a la aurora que no acababa de llegar. El viento luchaba con las llamas. Con una parsimonia desesperante, y entre los aleteos de sus capas, lo acostaron de espaldas en el téchcatl. El pecho del esclavo se curvaba como si anhelara ya el sacrificio. Le colocaron una argolla de madera en la garganta y le detuvieron pies y brazos mientras el sacerdote principal levantaba un cuchillo de pedernal. En ese instante Nen parpadeó. Las manos embarradas de sangre del sacerdote extrajeron el corazón y lo ofrecieron en alto al pálido sol que apenas nacía. Nen tuvo la impresión de que el esclavo todavía estaba vivo y lo miraba todo con sus ojos dulces, tan resignados como siempre. Continuaba repitiéndose: está vivo, está vivo, cuando al cadáver sangrante lo arrojaron escaleras abajo, y fue recibido por unos viejos que lo espetaron por las sienes a unos varales y lo llevaron a otro sitio a desollarlo y —algo que le costó imaginar— comer su carne como parte final y culminante de la ceremonia.

En realidad Nen siempre siguió convencida de que el esclavo estaba vivo aun cuando lanzaron su cadáver sangrante escaleras abajo en la pirámide, y por eso durante los siguientes sacrificios de esclavos o prisioneros de guerra en el Templo Mayor a que la llevaron, cerraba los ojos y no quería ver más nada. Su padre le preguntó y ella contestó la verdad:

—Siguen vivos hasta el final.

Y sin embargo los sueños eran otra cosa; a veces aún peores que lo peor que había visto en su vida de afuera.

Felipe insistía: tenía que haber otro mundo, aquí y allá. También contaba que, de una u otra manera, y casi al margen de la religión, no quería saber más de putas, de pecados de ambición —los peores—, de los truhanes y pícaros de todo jaez que habían sido sus mejores amigos en Sevilla; no quería saber nunca más de la pútrida cárcel de la calle de la Sierpe —qué asco—, en la que estuvo alguna que otra vez, y adonde tuvo que ir su abuelo a sacarlo. La cara se le caía de la vergüenza al salir de la cárcel, no era para menos. ¿Qué había hecho de su vida hasta entonces, Dios? No

quería más cuitas amorosas con mujeres casadas,
la última de las cuales le había dejado una dolo-
rosa estocada que le atravesó la valona y el cartón
de la golilla y lo hirió profundamente en un hom-
bro. No quería ratear más mercancías descarga-
das en el Arenal, al lado de pillos de toda laya.
Tenía que haber otro mundo.

Nen y su acompañante —una mujer gorda y maternal, con unas ampulosas caderas que columpiaba al caminar, su nantia en palacio, sombra ejemplar: aparecía o desaparecía según Nen lo quisiera, lo ordenara, casi con sólo pensarlo— llegaron desde poco antes del amanecer a instalarse entre la gente que esperaba el arribo de los teules en la calzada de Ixtapalapa. Había un como fulgor azulado, verdoso, en el horizonte, y algunos árboles aún enmascarados por la noche que se iba. Empezaba apenas el primer canto de los pájaros, el bordoneo de los insectos cerca del lago, los ruidos múltiples, disímiles y crecientes del amanecer. Era mejor estar ahí cuanto antes y de todas formas les había resultado imposible dormir. La sombra de un grueso xoxotl las protegería del calor inminente.

Un sol muy redondo, que venció las últimas sombras, iluminó de golpe los trajes multicolores, los abanicos de palma, los timatli y los máxtlatl, las faldas amponas, las túnicas de algodón, doradas, rojas, recamadas, negras y blancas, con ruedas de plumas superpuestas o figuras pintadas, los rostros de las mujeres emplastados con axin y con tecozauitl.

La gente empezó a apiñarse desde esas primeras horas del día, a proteger su sitio, a mostrarse nerviosa, a mirar esperanzadora hacia la lejanía. En sus caras soñolientas, ardientes, nacía a la vez la ansiedad y la euforia.

Se frotaban los ojos, se hacían señas unos a otros, se sentaban en el piso o se ponían de pie de un brinco, con brusquedad, empujando al vecino, alargando las cabezas como una tortuga que sacara la suya del caparazón. Comían la colación que llevaban en sus itacates, bebían de unos jarros de barro. Los niños, desnudos, se empezaban a desesperar y lloriqueaban, se llenaban de mocos, se arrastraban como culebritas por la tierra, jugaban con pequeñas piedras.

Siempre había un trabajo que hacer —mantener limpia la cubierta, desagotada la sentina, ensebadas las jarcias— pero Felipe y Juan se daban tiempo para conversar y compartir una escudilla con arroz hervido. Alguien cantaba mientras bruñía sus armas. Se desenfundaban los cañones, no con el ánimo de cargarlos, sino de meterles el escobillón en las bocas y poner a relumbrar el bronce. Los caballos comían su heno en unos botes que hacían las veces de pesebres.

Felipe buscaba pretextos para estar cerca de los caballos. Llevar un caballo propio en aquel viaje al otro mundo le hubiera parecido un sueño; por desgracia, no tenía aún el rango militar —ni el dinero— para haberlo traído desde Cuba, pero a los que ahí iban los trataba como suyos de tanto estar cerca de ellos. Unos dieciséis, cuando más. Incomodados por las apreturas, inapetentes en un inicio, incluso con fiebres intermitentes, sujetos con unos correajes que les pasaban por debajo del vientre. Les hablaba amorosamente, como haciéndolos a la idea del viaje, chasqueándoles la lengua, acariciándoles las crines, palmeándoles un anca, poniéndoles un bote con agua bajo los belfos.

Había montado desde niño y tenía fama de buen jinete—casi su única buena fama. En Sevilla tuvo dos caballos: un tordillo palomo y otro grullo platero, ideales para el rejoneo, y que vendió para poder embarcarse rumbo a Cuba; en donde, por cierto, un caballo era una joya rara, a precios inaccesibles. El propio capitán Hernán Cortés sólo pudo adquirir una yegua rucia a cambio de las lazadas de oro que tanto gustaba de lucir en la ropilla.

(Uno de los atractivos del viaje —de ninguna manera el principal, por supuesto— era la posibilidad de regresar a España con un poco de dinero y dedicarse a la cría de caballos. ¿Habría deveras tal posibilidad? Alguien le mostró en Cuba uno de esos pedazuelos de oro que, le dijeron, traían colgados de la nariz los indios de la tierra a la que iban, y a él los ojos se le desorbitaron. Palpaba el metal, lo sopesaba, lo mordía, lo hacía relumbrar limpiándolo con un pañuelo para luego sostenerlo con dos dedos y mirarlo a la luz del sol. Sí, era oro. Una codicia jamás conocida le germinaba en las entrañas. La cuadra de caballos que podía haber detrás de aquel oro.)

Encima de un caballo Felipe era "otro".

Su abuelo fue amigo de un ganadero de toros bravos en Sevilla y ahí aprendió a montar y a torear, lo que incluso hizo después en algunas ferias, en plazas provinciales improvisadas con tablones, en abierta competencia con afamados caballeros.

Desde niño le encantaba el tintineo que le anunciaba la proximidad de un herrero, al que observaba entre sombras parduscas, con la misma fascinación con que hubiera observado el trabajo de un mago: atareado sobre sus yunques y fuelles, con su mandil de cuero ante las llamas de la fragua. *Era mágico el bullir de la herradura al rojo, apagada en el agua fría; el golpeteo rítmico, casi musical, de la hincada de los clavos en el casco. Esperaba a que llegara el dueño y que lo montara para correr detrás de los primeros trotes del caballo, nervioso por los cascos nuevos, temeroso de resbalar sobre las piedras, con intermitentes encabritamientos y resabios que la dura brida contenía.*

Casi de tanto verlos y admirarlos y correr detrás de ellos, al subirse a un caballo por primera vez ya sabía montar. Los montaba requetebién, decían. Un primer potro domado lo metió de golpe y porrazo en el mundo de los hombres verdaderos —rudos y orgullosos, como debían ser—; final del doloroso lastre de la adolescencia. ¿Cómo se atrevió? Ante el dueño de la hacienda, familiares, amigos, el abuelo, quien parecía aún más angustiado que Felipe. El potro blanco se revolvía, inquieto y relampagueante, como una gota de mercurio, con las patas sujetas por el maneador. Él sentía las miradas interrogantes encima —muy especialmente la de su abuelo— cuando, rodilla en tierra, se ajustaba las espuelas, que le infundían un valor desconocido. Un buen caballero daba importancia suprema a las primeras caricias —como en cualquier cuita amorosa— y él recorrió al nervioso animal con una mano tersa, sugestiva, desde el pescuezo hasta la cola. Montó y se afianzó en el estribo. Deshicieron el maneador. El animal inició el corcoveo, puso el hocico entre las patas delanteras —lo peor que podía hacer—, luchó desesperadamente por liberarse del jinete que se le ceñía con el doble arco de sus piernas férreas. Felipe le hablaba, le decía diminutivos, palabras amorosas. Pero el animal se le encabritaba en forma creciente, se le sentaba sobre sus cuartos traseros, recobraba el equilibrio, giraba violentamente hacia un lado y hacia el otro. Felipe, a base de bárbaros tirones de la rienda, lo hizo por fin doblar el pescuezo por donde él ordenaba, algo que él mismo dudó en conseguir. Ante el fracaso —cuidado con las últimas reacciones ante el fracaso, Felipe—, el potro inició una carrera loca rumbo al horizonte, asistido por su jinete, que le daba o le quitaba rienda; pero ya lo tenía bajo su dominio, bien embastado, verdaderamente poseído. Minutos después regresó, con la cabeza tan alta como nunca la había llevado, al grupo —aún más sorprendido que antes— que lo esperaba para aplaudirlo y confirmarle qué hombrecito era ya. Felipe, por supuesto, no dio mayor importancia al hecho y se limitó a agradecer los elogios con un chasquido de la lengua y una sonrisa que le torcía la boca. El abuelo estaba que no cabía dentro de sí del orgullo que lo colmaba. Felipe desmontó y palmeó la cabeza del animal, como sellando con él un pacto inquebrantable. Le miró con ternura los ollares dilatados en ruidosos jadeos, el hocico lleno de espuma, los ojos húmedos de gotas redondas que al resbalar fingían el curso humano de las lágrimas. Incluso le transmitió con las puntas de los dedos un beso en el belfo adolorido. Luego, con su nuevo y altivo caminar, fue al aljibe —fresco y musgoso— y apoyado en el brocal bebió un jarro chorreante de agua que le supo más dulce de lo que nunca le había sabido. Sí, "otro".

Al acercarse la hora, las facciones se aguzaron, crispándose. Poco a poco, todo se develó, se hizo real después de la larga espera, de los presagios funestos, del presentimiento de años. Llegarían los teules que, se decía, acababan de derrotar a los tlaxcaltecas, además de perpetrar una terrible matanza en Cholula, en la que sacrificaron a decenas o cientos o miles por haberlos desobedecido. ¿Haberlos desobedecido en qué?

¡Ya vienen!, gritó alguien. Un grito necesario para que por fin llegaran.

Aparecieron dentro de una franja reverberante de sol, como dentro de una llama, incoporándose a los jirones de niebla que a esa hora se deshacían a flor de agua. Destellaban las armaduras, las espadas, la piel de los caballos. El lago, henchido de lirios y nenúfares amarillos y violetas, cubierto de canoas y de chinampas, se volvió un puro reflejo. Aun los tripulantes de las canoas se ponían de puntillas, a riesgo de volcarse, para ver mejor a los aparecidos que ya llegaban, ya llegaban. Había quienes cargaban a sus hijos en los hombros para que vieran mejor, para que no perdieran detalle, para que no olvidaran nunca lo que veían. Otros no sabían reprimir el júbilo, la sorpresa, el sobresalto, el susto encubierto, y brincaban incontenibles o lanzaban flores al paso de los que llegaban.

Pasaban por un mar repentinamente calmo, de un azul metálico que parecía casi negro en los bordes de las olas. A Felipe le hubiera gustado no gozar con el sufrimiento de los animales —a veces le parecía que amaba más a los animales que a los hombres—, pero la verdad es que su fama de buen jinete la reafirmó alanceando toros. Qué espec-

táculo único. ¿Cómo suponer su condición de es-
pañol sin las corridas de toros? Esperar con vis-
tosos caracoleos del caballo a que el toro
acometiera —¡miiira booonito!— y luego bur-
larlo con un quiebro —"la clave de un quiebro
es nunca dudar al hacerlo, nunca; porque las
dudas las huele el toro"—; clavarle con un golpe
seco de la muñeca el primer rejón en el morrillo:
bandera en una cima recién conquistada. Dejarlo
llegar tan cerca que fuera posible —a los espec-
tadores tendría que parecerles imposible— torearlo
tan sólo con la ondeante cola del caballo; llevarlo
ahí prendido, como un cometa, durante un largo
trecho de la plaza, a todo galope, disminuyendo
paulatinamente la velocidad, midiéndola tanto
como las emociones: la del caballo, la del toro, la
del público, la suya propia. Mientras tanto, el pobre
animal tiraría infinidad de cornadas impotentes
al aire, destroncándose el cuello, echando la lengua
fuera, ahogándose con cada bufido, algo que
terminará por enardecer al público hasta ponerlo
de pie. ¿Qué emoción puede compararse a ese
arrebato desmedido del público taurino?

Sólo en caso de ser derribados —lo que era
francamente deshonroso y a Felipe sólo en una
ocasión le sucedió— tenían permitido los caballe-
ros torear a pie, algo que en realidad corresponde
a los ayudantes, los groseros pajes. Entonces había
que quitarse las espuelas y esperar al toro con la
capa en una mano y la espada en la otra. La
operación era vulgar y peligrosa, ya que debía
cegarse al animal con la capa y asestarle la esto-
cada entre los cuernos, de ser posible en la cerviz,
lo que lo derrumbaba en el instante, fulminándolo.

*Felipe vio a un buen número de caballeros cor-
neados gravemente en el intento. De ser así, los
pajes debían terminar con el toro, lo mismo que si
el caballero no lograba darle muerte desde el caballo. Pero los pajes no desaprovechaban la ocasión para lucirse (él mismo empezó como paje) y
bailoteaban alrededor de la fiera, burlaban sus
acometidas, le pasaban la capa por la cara una y
otra vez, algo en verdad horrible. Al final tenían
permitido desjarretar al animal con un puñal en
forma de media luna, seccionándole los tendones
de las patas traseras para dejarle inútil, y luego
degollarlo impunemente. O bien le arrojaban venablos o lanzas, o le clavaban en los ijares afila-
dos cuchillos atados al extremo de largos palos.*

Apenas supo que la iban a revisar los hechiceros
y los médicos de palacio comenzó a ponerse enferma. Le
empezaron unos dolores de cabeza insufribles y precisamente cuando la llevaron a palacio los tenía en pleno, al
grado de que perdió el sentido al momento de ponerle
una mano encima. Uno de los hechiceros dijo luego que
jamás había visto —ni esperaba volver a ver— expresión
más terrible en un semblante. Ahí, decía el hechicero, vio
reflejado lo que luego ella no hizo sino confirmarle con
palabras. Sus oscuros ojos parecieron reunir, en su terror
gemelo, todos los presagios funestos, todos los incendios
que asolarían a la ciudad, todos los sacrificios de los ino-
centes, todas las heridas y la sangre derramada, todas las
destrucciones de los palacios, todos los estremecimientos
de la sed y del hambre.

Al despertar —era un decir porque había permanecido con los ojos abiertos— tenía al hechicero —cara
y brazos pintados de azul y una cabellera emplumada

que hedía a la distancia— encima de ella, poniéndole las puntas de los dedos en las sienes mientras decía casi a gritos:

—Ea, ya, acudid guardianes de los cinco hados, y también vosotras, diosas Quato y Caxochi. ¿Quién es el intruso, hacedor de desgracias, que intenta destruir a vuestra servidora? Yo soy el que hablo, yo, el príncipe de encantos y conjuros, por tanto hemos de identificarlo, sacarlo de ella y enterrarlo a él en lo más hondo de la tierra.

Al pronunciar las siguientes palabras, además de apretar las sienes, el hechicero soplaba un aliento agrio sobre la cara de Nen:

—Atiende a lo que te digo, madre mía, la de la saya de pedrería, acude aquí y resucita a la servidora del señor nuestro.

Después de decir esto, la asperjó toda con un agua helada. Puso unos ojos desorbitados en lo alto, y susurrando algo entre dientes, como una plegaria muda, tomó de la estera una vasija con tabaco mezclado a una raíz llamada chalatli. Pronunció un nuevo conjuro:

—Yo, el príncipe de los encantos, pregunto una vez más dónde está el visitante nefando que quiere destruir esta cabeza encantada. Ea, ven tú nueve veces golpeado, nueve veces estrujado —y el médico estrujaba el tabaco—, que hemos de aplacar esta cabeza poseída, que la apacibilidad ha de regresar a ella, que la colorada medicina la ha de sanar —y agregaba un poco más de chalatli—. Por ello clamo, invoco al viento fresco para que la aplaque de sus dolores. A vosotros digo, vientos: ¿habéis traído lo que debe sanarla?

Durante los primeros días en palacio continuaron los conjuros y las curas. Interrogaron las vueltas de su sangre, le indagaron el pulso, se le metieron al corazón y por último le dijeron a su padre que ella debía permanecer ahí por tiempo indefinido. Era una tlachtopaitoani natural, sin necesidad siquiera de hongos sagrados, una vidente que-veía-en-la-lejanía. Algo que para la familia fue un orgullo, pero que en realidad tuvo el carácter de haberla perdido, como si hubiera muerto o como si finalmente tuviera que ser sacrificada a los dioses.

En ese palacio ella acabó de crecer, medio perdida en el extenso edificio encalado —que nadie podía terminar de recorrer en dos o tres días—, de cientos de puertas y aposentos, al lado de algunas de las mujeres del emperador, de los cortesanos, de los guardias, de los comerciantes que entraban y salían, de los sacerdotes y hechiceros, de otros visionarios como ella, de los xolome —esos enanos y corcovados, albinos, tuertos y cojos, que luego acompañaron al emperador en sus viajes al Cincalco. Sin embargo, la mayor parte del tiempo tenía la obligación de permanecer sola, totalmente sola, en una pieza sin adornos, sentada en una estera y con los ojos cerrados para atraer los sueños y las visiones y luego narrarlos a los sacerdotes, a los hechiceros, al tlacuilo que dibujaba y coloreaba algunos de ellos en un amate.

Las comidas las hacía en su pieza, acompañada por su nantia, o en uno de los salones si alguien quería escucharla —por lo general un visitante especial, un médico que llegaba de lejos, un brujo que no la conocía—, lo cual resultaba forzado y, lo peor, vergonzoso. Las palabras se le confundían, las olvidaba, se le hacían bolita en la garganta. Su fuerte no era hablar, sino ver. A cambio, la comida era mejor, y la servían sobre unos pequeños braseros para que no se enfriara. En el diario menú de palacio figuraban gallinas, pavos, faisanes, perdices, codornices, pajaritos de caña, patos mansos y salvajes, palomas, venado, puerco, conejo y tortillas. A ella le encantaba el chocolate batido, perfumado con vainilla. Le parecía como increíble que sólo por ver lo que veía estuviera ahí sentada, con todos atentos a sus palabras torpes, comiendo lo que sólo la gente importante, atendida por cuatro esclavas con los pechos descubiertos y los brazos tatuados, quienes le servían agua en una jofaina para lavarse las manos antes de la comida, lo que ella sentía de más lujo.

Ocasionalmente —sobre todo si estaba lo suficientemente emocionada con lo que veía, o entreveía— cerraba los ojos y aflojaba el cuerpo, desgajándose; las facciones se le afilaban, muy pálidas: como si más que la necesidad de aire para elevarse, tuviera que echarlo fuera del todo. Se elevaba muy lentamente, hasta casi un medio cuerpo, y ahí permanecía un rato, en silencio o hablando como entre sueños. Esto, que ella llegó a ver con naturalidad, le creó una buena fama e hizo más creíble cuanto narraba. Además, la protegió de los hostigamientos amorosos, tan frecuentes en palacio, al advertir los sacerdotes que sus cualidades visionarias sólo serían posibles si continuaba virgen. Por eso, porque escuchó el valor que daban a su virginidad, no contó cómo fue que empezó, desde muy jovencita, a elevarse del suelo, cuando su hermano —apenas dos años mayor que ella— le acariciaba su tepilli, metiéndole los dedos cada vez más adentro, entre los sensibles pétalos rosados. Apenas se quedaban solos —y empezaron a buscar oportunidades para quedarse solos—, él le desenredaba su cueitl y la acariciaba con unas caricias que se hicieron más suaves y profundas, afinándose tanto como las propias sensaciones de ella.

Primero se le metió en la boca, obstinadamente dura y sellada; le enseñó a entreabrirla humedeciéndola, a sólo quejarse entre dientes, ya con él adentro al introducirle la punta de la lengua, a mezclar los besos incipientes con un solo lamento casi interminable. Él apretaba todo su cuerpo contra el de ella —déjame, déjame, sí—, sintiéndola deshacerse por dentro, una y otra vez, como una ola repetida, inapresable. No debían hacerlo, cómo podía ser. Eres mi hermano. Eso se llamaba netlapololtilztli y si su padre se enteraba era capaz de matarlos, o por lo menos de sacarlos del Calmecac y mandarlos al Tepochcalli para que los entrenaran en una disciplina más férrea, orientada hacia las artes marciales, algo que a ella le sacaba ronchas de imaginarlo.

—Sólo quiero conocerte, deveras —le decía su hermano en un tono de hipocresía del que lo salvaba la autenticidad de su mirada de animalito lastimado, tan dulce—. Saber quién eres. Y si no es así, cómo —y le pasaba una mano por la mejilla—. Va a ser mejor para los dos. Porque tú también necesitas descubrir que otros ojos te ven, te encuentran, aunque esos ojos sean los míos, los de tu hermano de siempre. Lo que se dice verte tal como eres, enteramente tú, y no en trozos. Esos trozos que ahora mi mano puede juntar en uno solo, de arriba abajo, así, mira —y le bajaba la mano por la garganta breve y delgada, por la curva de los pequeños senos alzados, por el temblor del vientre y el arranque de los muslos—. Es como si tuviéramos que formar tu cuerpo de una vez por todas, dejando que lo mire yo y lo acaricie, así, ¿te gusta?, haciendo nacer la que eres tú en verdad.

Al principio de las sesiones, Nen empezaba por negarle su boca con un quejido y volverle bruscamente la cara —algo que llegó a formar parte del juego— y él, parecía, se conformaba con abrazarla nomás, apretándose contra ella, llamándola, pidiéndole una vez más que lo ayudara a encontrarla, a encontrarse a él mismo como hombre. Ella se reía, no podía evitarlo, le nacieron unas cosquillas que nunca había tenido, un aprendizaje que también le debía a su hermano.

—Sólo te voy a acariciar. Las caricias qué tienen. Sólo si te hiciera algo peor sería peligroso.

Un día en que sus besos la envolvieron más —una mano de él en uno de sus pechos, como si atrapara un puño de arena, y con la otra buscando con mayor minuciosidad dentro de su tepilli, alargando a lo más hondo un dedo reptante— ella tuvo la sensación de que todo estallaba a su alrededor, como si de pronto se hubieran hecho añicos los cristales interiores a través de los cuales miraba el mundo. Su hermano le contó que, en efecto, los ojos se le pusieron blancos y empezó a convulsionar y a elevarse ligeramente del suelo. Seguro: a elevarse ligeramente del suelo.

A él le entró tanto miedo que no volvió a acariciarla y hasta le nació un cierto rechazo a tocarla y a tenerla demasiado cerca. Ella le reclamó —la verdad es que guardaba una enorme curiosidad de volver a experimentar la sensación— y él se soltó llorando, la abrazó ya sólo con ternura, y le dijo la verdad:

—Perdóname, hermana. Tenías razón de que nunca debimos haber hecho lo que hicimos. Si pusiste aquella cara horrible fue porque deveras era algo malo. Perdóname.

Lloraba en tal forma, y parecía tan desconsolado y sin fuerzas, que se le deshizo en los brazos, se le fue resbalando por el cuerpo, rozándola apenas con las puntas de los dedos, hasta quedar hincado, con sus manos tímidas abrazándola por las rodillas. Ella también se puso de rodillas y lo obligó a levantar la cara, pero al irle a dar un beso en los labios él se volvió con brusquedad.

—No.

—Bésame.

—No puedo —contestó ya sin siquiera mirarla, metiendo los ojos dentro de su propio pecho.

—¿Por qué?

La confesión de su hermano le produjo la sensación de tener una como bolita con espinas en el estómago:

—Nomás de acordarme de tu cara de aquel día, me dan ganas de vomitar.

Entonces fue ella la que se soltó llorando y lo empujó hacia atrás por los hombros y hasta un arañazo —como una última caricia enmascarada— alcanzó a dejarle en una mejilla.

A consecuencia de lo cual, qué remedio, debió conformarse con hacérselo ella misma; aunque ya nunca lograra las cimas de excitación a que la había llevado la habilidad de su hermano. Lo hacía cada vez con más frecuencia —si tenía oportunidad, hasta un par de veces por día— y era verdad, lo confirmó, en efecto: en el momento del clímax sentía que su cuerpo se desprendía un poco de la tierra —apenas una mano abierta, o dos—, sobre todo si estaba en cuclillas, su postura predilecta para hacerlo.

Pero aún se elevó más —y logró un mayor placer— cuando empezó a inventarse imágenes para excitarse. Para alcanzar el clímax era un gran incentivo tener una imagen enfrente. Cuerpos y rostros, pero no sólo cuerpos y rostros de hombres, también de animales. Ciertos animales: los ojos ávidos, enrojecidos, fijos en ella; la actitud acechante, incluso abiertamente fiera. Animales que conocía y animales que ella misma inventaba, como los caballos, que terminaron por metérsele a los sueños y ya no hubo manera de sacarlos de ahí. Le provocaron tal miedo, que dejó de acariciar su tepilli —luego temblaba nomás de acordarse—, pero los caballos se le quedaron dentro.

Cuando aún vivía en su casa, todo a su alrededor podía transfigurarse en cualquier momento. Las cosas se le volvían meros pretextos para ver en ellas lo que quería ver, o lo que no podía dejar de ver. Al inclinarse sobre el fogón y soplar las cenizas para desnudar el rostro luminoso de la brasa. La brasa era, de pronto, otra. Otra. O los ruidos: el trajín de su madre al limpiar la casa, el chasquido del agua al regar las plantas, el grito estridente del güet, ave zancuda que anunciaba la llegada de un visitante inesperado. El viento, el viento que traqueteaba afuera de la casa, era también un buen incentivo. Por eso a veces la veían sacudir tanto la cabeza, como para ahuyentar el ensueño doloroso que la oprimía. Pero era difícil evitarlo. Sus pupilas se dilataban para escrutar en la penumbra, para entrever aquello que sólo ahí podía aparecer, y aparecía. Casi prefería la plena oscuridad a la luz temblorosa del velón de sebo que los alumbraba por las noches, y que transfiguraba las cosas con su amarillento, macabro resplandor. Y aun durante el día, al llegar de la luz desnuda de afuera, el penumbroso interior de su casa se le volvía doblemente impenetrable, pleno de terrores.

Por eso, a pesar del miedo y el rechazo a la gente extraña, se sintió mejor cuando sus visiones dejaron de ser sólo de ella y se volvieron también de quienes la escuchaban expectantes, fuera quien fuera, abriéndole unos enormes ojos de pasmo.

Su confesor lo convenció en algún momento —en los momentos de mayor arrobamiento místico por parte de Felipe— de que no estaba bien gozar así con el sufrimiento de los animales (con el sufrimiento de nadie) y durante un tiempo dejó de alancear toros como parte de la penitencia impuesta (autoimpuesta). Hasta un pajarito herido podía apartarlo de su camino para recogerlo, entablillarlo, guardarlo en una caja en lo que sanaba, soltarlo y verlo volar de nuevo con la sensación de que contribuía vivamente con la obra de Dios.

Pero luego volvió a los toros, no tenía remedio, imposible resistirlo.

Como tampoco pudo evitar gozar —qué doloroso reconocerlo— con la pesca de los tiburones durante el viaje de Sevilla a Cuba. Les lanzaban unos mortíferos anzuelos, atados a cadenas, que los tiburones mordían vorazmente. Se prendían a ellos de tal forma que en ocasiones los garfios les salían por los ojos, botándoselos. Pobres animales. Entonces los subían a cubierta, entre sacudidas y feroces coletazos, y ahí los marineros descargaban el odio que les habían despertado desde siempre los peligrosos escualos, y con cuánta razón. Los golpeaban —él también llegó a golpear alguno, había que reconocerlo: era una manera de integrarse al grupo— con palos, pértigas, barras de hierro y hasta con los espeques del cabrestante. Había que gritar lo más alto posible al golpearlos —¡hijo de puta, asesino, criminal, cabrón!—, era parte consustancial del juego. También era divertido cortarlos en lonjas delgadas que colgaban de las jarcias del navío. Las dejaban enjuagar por tres días y luego las comían asadas, algo en verdad delicioso.

Pasaron los jinetes, los relinchos de sus caballos; se perdió el golpeteo rítmico de los cascos en el camino empedrado, terminaron por apagarse los tintineos de las espuelas. Los ojos expectantes se abrieron aún más cuando apareció —dentro de un cierto orden, aunque a todas luces medio atribulados sus integrantes— un escuadrón de infantería, con corazas y unos yelmos como de vidrio, adornados con plumas de quetzal. Algunos llevaban guantes que sostenían cuerdas de cuero, muy tensas, a las que iban atadas los perros. Eran los trailleros de perros, los perreros. Perros grandes, entrenados para matar, pintados de negro y de rojo, que ladraban, husmeaban a la gente que tenían cerca y la obligaban a dar un brinco hacia atrás, a replegarse lo más posible, a proteger a los niños, a dibujar muecas de horror.

Nen lo veía todo medio borrado por el terregal que levantaban a su paso y que deformaba cuerpos y rostros; sus ojos alucinados iban incrédulos de un grupo al otro, entre aquella humanidad irreal de atuendos estrafalarios. Se restregaba los ojos; sus oídos se aturdían con el mugir de las bestias y el alalá de los arreadores.

—Pellízcame para estar segura de que no sueño —le dijo a la mujer que la acompañaba, quien hizo como que deveras la pellizcaba al tiempo que entreabría apenas los labios, con una sonrisa simulada que mostraba unos pequeños dientes azulados, recién pintados la noche anterior.

El sol crecía incólume en lo alto, disparaba sus rayos verticales como un arquero enfurecido. A ella una gota de sudor le resbalaba por la frente y llegaba a sus labios con un gusto salobre.

Tenía que intentarlo, Juan, qué remedio. ¿Y si fuera por ahí la salida?

A través de senderos montañeses abiertos a fuerza de ser andados, ascendió al viejo monasterio, levantado en plena soledad, entre piedras hirsutas. Soplaba un viento gris y rasgado, que levantaba una tierra amarilla, muy suelta. La vegetación era hostil. Maleza, espinos retorciéndose. Una sublime sensación —la misma que luego lo llevó a embarcarse— lo guiaba en aquel duro ascenso matutino. Al descubrir las altas ventanas enrejadas, las gárgolas de agua, los remates góticos, el corazón le dio un vuelco. ¿No sería ahí donde, desde siempre, debía haber estado? Los muros se habían cuarteado y el atrio estaba invadido de hierbas. Al entrar en la capilla lo sobrecogió la soledad, con sólo la compañía de un gran Cristo crucificado sobre el altar, tan inclinado hacia el frente que parecía a punto de caer. El sacristán se acercó a bisbisarle al oído la conveniencia de que se ubicara en alguna banca trasera, entre las sombras: su presencia podía perturbar a los oficiantes, acostumbrados a la falta de fieles. ¿Para quién oficiaban entonces? Felipe obedeció.

De pronto, una fila de monjes encapuchados apareció junto al altar y se ubicó en los asientos del coro. El sacerdote inició la ceremonia con la aspersión del agua. Los del coro entonaron el Asperges. Las casullas oscuras, con su cruz bordada en oro, contrastaban con el alba purísima que vestía el sacerdote, quien un momento después subió solemnemente las gradas del altar, persignándose una y otra vez. Los monjes cantaron el Introito. Luego vinieron los Kiries desolados, el Gloria triunfante. Para entonces Felipe se sentía sobrecogido. Comprendió la necesidad que tenían de oficiar en la soledad, sólo para Él y nada más que para Él.

¿Le permitirían permanecer entre ellos unos días? Quizá después, una vez confirmada su vocación...

La severa epístola, el evangelio de amor y el fogoso credo resonaron en la nave solitaria. Cuando el sacerdote levantó la hostia, a Felipe le pareció adivinar una presencia invisible. Ofrecidos el pan

*y el vino, una crencha de humo brotó del incen-
sario de plata. Todo el resto de la escena estuvo
envuelta en ese humo, como en una nube sobrenatural. El celebrante incensó las ofrendas, el
crucifijo, las dos alas del altar; devolvió el incensario al acólito para recibir a su vez el incienso y
agradecerlo con una reverencia. El acólito se dirigió a los monjes y los incensó, uno por uno.*

*Le parecía un privilegio inmerecido haber pre-
senciado la ceremonia en aquella capilla tan ín-
tima. Como si él mismo —su cuerpo— no hubiera
estado ahí y sólo su alma la hubiera visto, entre-
visto. Una vez que se marcharon los oficiantes,
estuvo observando el halo que continuaba sobre el
altar, ya sin la necesidad del humo. Algo como el
halo que deja en un escenario vacío la obra que
acaba de representarse. Se persignó y fue a la sa-
cristía.*

*El prior era amigo del sacerdote con quien se
confesaban su madre y su abuelo y, en efecto, le
permitieron permanecer unos días, realizando los
trabajos de todos, sin hablar nunca con nadie,
instalado en una celda minúscula. Felipe quiso
llevar la experiencia a sus últimas consecuencias
y una noche empezó a flagelarse. Se desnudó fría-
mente para darse, también en frío, diez o quince
azotes en las nalgas con su propio cinturón, que
remataba en una gruesa hebilla de metal. ¡Chas!,
¡chas!, cada vez con más fuerza, que doliera deveras. El indignado asombro de su cuerpo parecía
gruñir bajo los azotes, contrastante con la dulce
satisfacción del alma vencedora. Le sangraban las
nalgas y él se sentía eufórico, dentro de una embriaguez que declinó en un absoluto y aterrador*

insomnio. (*Entre otras cosas horribles, ya que logró dormir, soñó que sus nalgas lastimadas eran poseídas por la cola —puntiaguda y ardiente— de un enfurecido demonio. ¿Así que no te visitó el Señor, y como el demonio te vio tan dispuesto...?, preguntó Juan dentro de un carcajada, era el colmo.*) *Además, apenas acababa de conciliar el sueño tocaron a maitines. ¿Dónde había quedado el haragán de que tanto se quejaban su madre y su abuelo? Le parecía arrastrar el cuerpo durante los fatigantes trabajos en el jardín, en el refectorio —no soportaba la dureza de las bancas de madera—, en los iterativos rezos, que se sucedían interminables a lo largo del día como las cuentas mismas de un rosario.*

Y sin embargo, algo nuevo había ahí, ambivalente, agridulce, enervante; imposible descifrarlo en una única sesión de azotes.

Continuó con la flagelación en sucesivas noches, cada vez con más fervor: llaga sobre llaga, sangre sobre sangre. Pero —oh desilusión— no tardó en confirmar que lejos de conducirlo a las grandes revelaciones, conforme se repetían, aquellos cinturonazos feroces degeneraban en un mecanismo glacial —ya puramente doloroso, por decirlo así—, y que su embriaguez no trascendía los límites de cierta orgullosa complacencia. ¡Más fuerte entonces, más fuerte! Ahondaba en tales reflexiones, clímax de su experiencia, cuando con terror advirtió que no estaba solo en la pequeña celda, sino que ojos invisibles lo seguían en cada uno de sus gestos místicos. Por un momento tuvo la sensación de que el alma se le iba del cuerpo. Voces malévolas cuchicheaban por ahí, risas abomina-

bles estallaban y se reprimían vergonzantes. Supo que algo de sus penitencias había trascendido al convento: al parecer algunos monjes habían captado a través de los tabiques el chasquido y los quejidos apagados (él quería pensar que apagados) que producían sus nocturnas azotinas y parte de los monólogos sublimes con que las exaltaba sin darse cuenta. Total, que terminaron por espiarlo por entre los resquicios de la puerta de madera y fue tal la hilaridad que produjo su actuación, que acabaron por delatarse. ¿Eran ellos quienes habían hecho voto de silencio? Felipe desapareció al amanecer siguiente, indignado, sin siquiera dar las gracias al prior por la hospitalidad recibida.

La frustración —soy un santo frustrado, casi nada— se volvió ocasión ideal para haraganear unos días, recuperarse con un poco de vino, juergas que lo derrumbaron algún amanecer en plena calle, donde durmió a pierna suelta — ya sin el temor a demonios de colas ardientes—, y redoblaron su antigua afición a los burdeles —una puta le preguntó asombrada qué le había sucedido en las nalgas y Felipe contestó, riéndose, que los golpes fueron producto de una cuita amorosa con una mujer casada, nobilísima, que supuso excitarlo así sexualmente, con muy pobres resultados, la verdad.

—¡Tienen mucho pelo en la cara! —gritó Nen, despertándose de golpe y sentándose en la estera.

El grito también despertó a todos en la casa.

Su padre, que había tenido un día muy pesado, no estaba de humor para desvelarse y habló en tono perentorio:

—Si no duermes te echo fuera, a ver si duermes mejor entre los animales y con la noche encima.

Pero ella inisistió:

—¡Los soñé clarito, con sus pelos amarillos!

Entonces deveras la echó fuera de la casa y a ella le entró un miedo que se le confundía con el frío y la hacía tiritar, le mordía los tobillos como un animal furioso. Se sentó en el suelo, cerca de la puerta de entrada, ovillada, con la espalda en la pared y las rodillas muy juntas, apretadas entre las manos. Mantenía los ojos perdidos en un punto indefinido del cielo lóbrego para no mirar nada más; aún los árboles cercanos le parecían acechantes, disfrazados por la noche, llenos de ojos. Pero quizá le afectaban más los ruidos lejanos que creía adivinar: el charreo de un ave, un coro de búhos, chillidos de ratas. ¿Se estaría acercando Yoali Ehécatl, el viento de la noche, que se desataba furioso cuando descubría un viajero solitario en los caminos, lo envolvía con sus mil brazos y lo desaparecía del mundo? O Chocacíhuatl, la mujer que murió con su hijo al dar a luz y que ya sin un rayo de esperanza, sin uno solo, se les aparecía a los niños solitarios con su máscara de hielo, sin facciones, para clavarles unas largas uñas afiladas en la garganta. O tal vez viera en el cielo —ahí exactamente, en el punto indefinido en que mantenía los ojos muy abiertos— una de esas calaveras fosforescentes pertenecientes a los peores criminales, de las que tanto le habían hablado en el Calmecac, que flotaban a la deriva en el aire nocturno y que si alguien las descubría era presagio de una desgracia inminente. Pero no era sólo el miedo a lo fantasmal. Por momentos la afectaba más la idea de que, apenas se moviera un poco, un animal —quizá la rata que le parecía oír o alguno de los bichos que se escondían entre las plantas— la iba a morder. O se le iba a subir por las piernas y ella no iba a poder impedirlo. Por eso se hundía lo más posible dentro de sí misma, apretando los dientes, tensándose al máximo. Debió quedarse dormida a pesar de todo, porque de golpe se encontró en pleno día, con los huesos congelados y el canto de los pájaros encima.

—Venimos de hombres que han sido de Dios. La herencia de un linaje de antepasados que combatieron por la fe —le dijo a Felipe su abuelo poco antes de que partiera de Sevilla. Se lo dijo con la voz de las grandes ocasiones, una voz adusta que subía en la escala hasta hacerse ríspida. Ridículo, pero tan admirable. Estaba hincado ante el hogar mientras acomodaba los leños y los encendía con estopa. Tenía un rostro trabajado por el sufrimiento, roído de ansiedad, troquelado en el dominio despiadado de sí mismo. Sí, despiadado.

¿Qué otro mejor consejo para el viaje? Las llamas jugaban con el perfil aquilino de su abuelo, transfigurándolo, inventándole sombras como grandes mariposas y reflejos minerales en el pelo blanco. Lo miró —recordaba haberlo mirado así— con una admiración que le dolía; le dolía más que el odio y el resentimiento.

Felipe adolescente le imitaba gestos a su abuelo, le copiaba expresiones, modulaba la voz como él, entre carraspeos. Luego, claro, se multiplicaron las diferencias y en una ocasión, después de una acre discusión sobre dinero, Felipe casi lo golpea, pero tan sólo le tomó por el cuello de la camisa de seda, estrujándola. El pobre viejo cayó —¿se tiró a propósito?— al suelo, y se golpeó en la frente, abriéndose una pequeña herida con la pata de una silla. El golpe produjo un ruido como si se hubiera par-

tido la cabeza y a Felipe le repercutió en la boca, le destempló los dientes. Viejo chantajista. Ah, si tu padre viviera no serías capaz de. No irías con. Abusas de mí porque estoy. Saliste igualito a. Apenas se recuperó, echó a Felipe de la casa con cajas destempladas. El respeto, el honor, el orgullo, Dios. Felipe estuvo unos meses fuera, pero luego regresó.

¿Recuerdas? Viejo miserable. Hipócrita. ¿Hipócrita? Porque —había que recordarlo todo de una vez para liberarse de ello— no faltó la ocasión en que, a pesar del honor y del orgullo, y de Dios, su abuelo se hiciera de la vista gorda cuando Felipe llevó a casa algún dinero mal habido, y que su madre recibía con lágrimas en los ojos, por cierto.

—Ah, nuestras familias, Felipe. Si supieran en la que nos hemos metido. Además de meternos dentro de estas horrendas armaduras, que ya dentro del sol al que vamos se nos van a encajar en la piel como hierros candentes.

El abuelo de Felipe guardaba en un arcón guarnecido por fuertes herrajes la ejecutoria en pergamino, ornada con su escudo, que atestiguaba su condición de Hidalgo Señor y garantizaba unos preciados privilegios: exención de impuestos directos, liberarse de la cárcel por deudas de dinero y —el más importante— escapar a la vergüenza de la horca en caso de una pena capital. A Felipe le revolvía el estómago verlo sacar el pergamino del arcón y mostrarlo como un escudo ante los embates de la vida y la incomprensión de quienes le rodeaban.

Pobre viejo, Felipe. ¿No?

Ridículo y admirable. ¿Pueden latir, lado a lado, tan encontrados sentimientos?

Por lo demás, su lucha interior, ¿no era la misma que la de él? Felipe le heredó, entre tantas otras cosas como la pronunciada curva de la nariz, la fe en Cristo, en la palabra de Cristo, en la imitación de Cristo. A escondidas de la familia, Felipe había practicado vergonzantes pillerías sin medida, pero también vergonzantes y ocasionales retiros espirituales, tan reveladores y dolorosos a la vez.

—Entiendo por qué la plegaria reclama instintivamente el caer de rodillas. Toda oración verdadera es nuestro camino de Damasco. El cambio de posición del cuerpo es el símbolo de un estallido en el mundo. Ya nada es igual porque adivinamos la gran presencia invisible por encima de nosotros y somos escuchados. ¿Te das cuenta, Juan? Somos escuchados.

Los rasgos mismos de la fisionomía de Felipe delataban la feroz lucha interior: los surcos, tan prematuros para su edad, que de pronto le partían la frente y el entrecejo; la vibración nerviosa del mentón; las comisuras de los labios remarcadas, acostumbradas a pasar de una extrema tensión a una risa irrefrenada; los ojos muy vivos o tristes, fustigados por continuas sombras que sólo ellos veían; de una suave dulzura a una expresión voluntariosa y dura que reflejaba un dominante afán de imponer pareceres y convicciones. Como bien decía su abuelo: al alma hay que refrenarla con la rienda corta que se recomienda para el caballo brioso. Esa.

Un día, ya en palacio, descubrió que si la dejaban meterse dentro de ella misma el suficiente tiempo lograba vislumbrar —primero borrosamente y luego poco a poco con más claridad— lo que podría suceder en su ciudad en un tiempo no muy lejano. Quizá porque los había escuchado tanto, pero le llegaron las imágenes de los presagios funestos que, se decía, habían ocurrido en últimos años sobre el inminente fin del mundo.

Primero se levantaba una como espina de fuego a mitad del cielo, una segunda aurora que era una gran llama que punzaba en el cielo, ancha de asiento y angosta de vértice, una pirámide de pura luz. Alcanzaba a las estrellas, que parecían espolvorear al ser pinchadas. Una columna clavada en el cielo, con su base en la tierra y adelgazándose hasta tocar el cielo en figura piramidal. Y, lo más importante, su resplandor era tal que vencía la luz del sol.

Después se abrasó en llamas el templo de Huitzilopochtli sin que nadie le pusiese fuego, algo que pudo comprobarse a ciencia cierta. Ardían las columnas, el maderamen. Le echaban agua y flameaba aún más. El templo de Huitzilopochtli ardió del todo: el fuego, que nadie puso, nada ni nadie pudo apagarlo.

El tercer presagio funesto fue un rayo que cayó sobre el templo de Xiuhtecuhtli. No llovía ni se oyó el fragor del trueno. Todo fue inexplicable: como un puro golpe de sol.

Más tarde cayó sobre Tenochtitlan una gran brasa con lluvia de chispas. De ese cometa nacieron tres más, que corrían con fuerza y violencia hacia el oriente, desparramando centellas y dejando tras de sí largas colas de fuego.

Sin viento alguno, hirvió el agua de la laguna principal y espumó hasta levantar altas olas que se estrellaron contra los fundamentos de las casas, y muchas de ellas se cayeron y hundieron.

Otro de los presagios funestos que más cundió entre la gente de Tenochtitlan fue el de la mujer que se aparecía por las noches en cualquier sitio, como surgida de la niebla, ella misma vestida de blanco y preguntando a gritos por sus hijos.

—¡Ay, mis hijos! Todos estamos perdidos y tenemos que irnos lejos.

A veces entre llantos convulsos preguntaba:

—Ya nos perdimos, ¿pero a dónde iremos a escondernos?

Y así como aparecía, desaparecía entre la niebla.

Cierto día cogieron los pescadores un enorme pájaro ceniciento, parecido a una grulla, y lo llevaron con Moctezuma. En la mollera del pájaro había un como espejo en el que se veían el cielo y las estrellas y un mar a través del cual llegaba un gran número de gente, marchando en desorden y dándose empellones por llegar, haciéndose la guerra los unos a los otros. Algunos eran monstruos pues la mitad de su cuerpo era de hombre y la otra mitad de bestia, con cuatro patas. Moctezuma llamó a los magos de palacio para que le explicaran lo que se veía ahí, pero cuando tomaron la grulla entre sus manos ya no vieron nada porque se había ido todo lo que ahí había.

Por último se vio por doquier hombres deformes, quebrados, contrahechos, cojos y algunos tan monstruosos que tenían dos cabezas en un solo cuerpo. A ninguno de ellos se le pudo llevar a palacio para que los viera el emperador y los estudiaran sus magos y sacerdotes, porque apenas se intentaba tocarlos desaparecían del todo.

Ella veía los ocho presagios funestos, y los volvía a ver aún con más claridad, casi con gusto, recreándolos, descifrándolos, buscándoles nuevos detalles.

Por otra parte, ya en palacio, tuvo también algunas visiones alentadoras.

Quizá fue esa misma necesidad de concentración interior la que la ayudó y que, de alguna manera y en ciertos días, colmó su corazón de un agua profunda y reposada. Aun las olas más negras sobre su ciudad y su gente, no lograban apagar en ella las otras imágenes: auroras boreales, mares calmos, noches blancas, los campos refulgentes del maíz joven.

Su postura predilecta era en cuclillas, como cuando acariciaba su tepilli; ahora con la cabeza más inclinada y las manos en el regazo, con las palmas hacia arriba. Entonces tenía la sensación de que lograba llevar a sus manos lo que veía interiormente y echar fuera —lo más lejos posible— los malos pensamientos, como quien saca agua de un tambo, haciendo incluso con las manos el ademán de echarla fuera.

En esa postura lograba retener ciertas imágenes. Como la de un pequeño mar, que guardaba en el cuenco de las manos. Lo miraba apacible o convulso por una concentrada tormenta, que se desataba ahí adentro, en esa como esfera de cristal. Jugaba a cambiarle los vientos, a meterse en sus aguas más profundas, a inventarle floras imposibles. Lo subía a los labios y soplaba sobre él, con la sensación de que la espuma salada volaría sobre su ciudad e iría a restañar las heridas de la gente. Las heridas que pronto se abrirían sobre su pueblo, algo que no tenía remedio.

A Felipe le hubiera gustado ganarse ese dulce sosiego que todo gran hombre debía anteponer a los arteros golpes de la suerte, o que lo atemperaba, con humildad, en el orgullo del triunfo. Sin embargo, al menor motivo —una palabra altisonante, un cierto despecho, un reto disfrazado, alguna mala referencia a su honor— la sangre se le en-

cendía, las venas del cuello le iban a reventar, y como un acto reflejo llevaba la mano crispada al puño de la espada.

Una redención —¿o había que llamarla mejor una purga, tanto en el sentido espiritual como físico del término?— que sólo era imaginable allá, sólo allá: en las tierras salvajes, que no habían hollado pies de hombres civilizados y cristianos, que lo obligarían a templarse, a reafirmar su fe, a asumir su destino de creyente devoto por encima del conquistador, del soldado, del hombre mismo.

La risa descarada que despertaron en Juan sus flagelaciones lo había ofendido y respondió con un chasquido de la lengua:

—Estoy harto de ver una y otra vez cómo lo insensato posee asideros más hondos que la verdad evangélica, y cómo la reflexión aun en hombres sabios termina aliándose con impulsos primarios para entregarnos al capricho del instinto, del gran salto a lo que es más nuestro: el acto irracional. Quiero otra cosa.

Juan rió de nuevo dentro de la pipa, lo que provocó el estallido de una gorda voluta de humo.

—¿Tú hablas de irracionalidad? Por Dios. ¿Concibes algo más irracional que la religión, tus vanos intentos místicos, y muy especialmente tus amados evangelios? Bah, suenas demasiado solemne como para estar apenas en el inicio del viaje. ¿O tal vez extrañas a tu isleñita aquella de Cuba? Qué nalgas tenía. Ella sí que pudo haberte redimido.

¿Recuerdas a la isleñita, Felipe?

Pasaron también los ballesteros, vestidos con trajes de cuero, con sus armas sobre el hombro. Y los arcabuceros con unas cotas de algodón que les llegaban hasta más abajo de las rodillas y en las cabezas —muy erguidas y orgullosas— sombreritos con plumas verdes.

Las lombardas eran un misterio, con sus bocas de bronce que, se decía, escupían fuego, algo como para no creerse. Traqueteaban difícilmente con sus ruedas de madera en la superficie dispareja y resonante de las baldosas, se atascaban por momentos, había que ayudar entre varios soldados a sacarlas de los baches, aprovechar las bajadas para avanzar lo más posible.

Alguien llevaba un estandarte de la Virgen María: la señora del rescate y de la resurrección. Toda Ella de azul, con los pies sobre una media luna, y crucificada con los filos de unas espadas que parecían rayos del sol. Otro estandarte era el del Apóstol Santiago, decapitando a los guerreros enemigos; los cascos de su caballo aplastaban la cabeza de un niño.

Felipe revivió a la isleñita y una ola de saliva amarga le subió a la boca. Un soldado, conocido de él desde España, se la arrebató una mañana sin que él se diera cuenta; por distraído, por andar en las nubes, por tener la cabeza llena de pájaros. Se la llevó a otro poblado, quién sabe a dónde, y ni tiempo tuvo de reclamar, de pedir algún pago por ella —aunque él tampoco había pagado nada por ella: simplemente la vio y la tomó—, hasta de medir con las armas a ver quién la merecía más. Hijo de puta, sin siquiera dar la cara. Algún día tendría que volver a encontrarlo. Una canallada así no quedaba indemne entre soldados de España.

—Olvídala. Siempre sucede así a tu edad con una nativa de nalgas tan buenas, medio se encula

uno por ellas pero apenas pones mar de por medio las olvidas enseguida, ya verás.

Durante su estancia en Cuba iba con otros compañeros en una barca, de las bocas de Bani a Santiago de Baracoa, a pasear nomás, a tirarse a la playa, a mirar unas nubes luminosas, inmóviles, tan lentas en cambiar de forma que a veces no les bastaba el día entero para desdibujar una cabeza de león o un supuesto abrazo de dos amantes. Iban a oír las caracolas y su música de pleamar, a contemplar como niños los careyes, acorazados de topacios, que ocultaban sus huevos en agujeros en la arena y que luego rellenaban y barrían con sus patas escamosas, algo en verdad divertido. Felipe sentía como que el mundo recién se iniciaba. Había que señalar las cosas por primera vez para identificarlas, buscarles un nombre. Aquel árbol, de hojas grises por un lado y verdes del otro, que al caer y secarse se crispaban sobre sí mismas, crepitantes, como manos que buscaran un asidero, ¿cómo llamarlo? O aquella fruta, agridulce, de cáscara parda y carne roja, con una semilla como tallada en madera; o aquella otra de pulpa violácea, con huesos encerrados en obleas de gelatina; o, en fin, una flor que constantamente cortaba a su paso, de afelpados pétalos amarillos y salpicados por manchas rojas como de sangre. Les ponía el nombre que se le antojaba, el primero que se le venía a la mente, cualquier nombre para él, ¿para quién más? Ganas le daban de decirles a las cosas: yo te bautizo con el nombre de...

Se tiraba en la arena bajo los ascenos del sol, desnudo cuando podía hacerlo, terco en curtirse la piel (las ardidas no hacían sino motivarlo a tomar más sol), con los brazos abiertos y las piernas muy juntas, como crucificado. Quizá por ello el deleite le dibujaba una expresión de místico bienaventurado, favorecido por alguna inefable visión.

Ahí conoció a la isleñita. Y ahí la fue a ver, de vez en vez, cada vez que podía escaparse, cada vez con más frecuencia. Pero una mañana ya no estaba y le contaron lo sucedido; y a Felipe nunca le había parecido el mundo tan desolado y hostil.

Lo que vieron enseguida era la confirmación de que el mundo se había vuelto absurdo y estaba por llegar a su fin.

Después de los españoles marchaban algunos guerreros tlaxcaltecas — enemigos eternos—, que fueron recibidos con claras muestras de disgusto, chiflidos y hasta alguna piedra furtiva (daba miedo lanzarla abiertamente, yendo detrás de quien iban). El mensaje enviado por los notables del Consejo en Tlaxcala, difundido entre la gente de palacio, era contundente: dioses o demonios, ni de frente durante el día, ni de noche y por sorpresa, podían ser abatidos los hombres blancos. Ningún caso tenía luchar contra ellos. Convenían todos en su condición sobrenatural: teules tendrían que ser, no monstruos surgidos de las entrañas del mar. Teules llegados de la otra orilla del mundo, sobre altas olas como montañas, coronadas de espuma. La única posibilidad de salvación era rendírseles, mostrarse indefensos, inermes, haciendo lo que algunos animales cuando el peligro mayor los amenaza: cerrar los ojos, entregar el cuello, paralizarse, imitar a la muerte en la mejor forma posible.

Los tlaxcaltecas llevaban ásperas telas de henequén ya que carecían de algodón —y, se decía, hasta de sal para sazonar sus comidas— y en sus cabezas lucían plumas blancas, de garza.

Y arribaron también los jefes del ejército Hue-xotzinca, los señores de Cholula, los señores de Atlixco, los señores de Tliliuhquitepec y los señores de Taxco, todos acompañados por un grupo de guerreros.

Apenas terminaron de pasar, la multitud corrió eufórica detrás de ellos, desatada, tropezándose unos con otros. De pronto hubo un desorden y una confusión totales; los grupos que antes habían permanecido más o menos en orden al borde de la calzada, se diseminaron, se confundieron y entrechocaron. Algunos caían, se volvían a poner de pie, forcejeaban, se abrían paso a codazos, protegían a sus hijos manteniéndolos en alto, nadie quería perderse detalle del momento axial en que los teules enfrentaran al Tlatoani, al amo y señor de todos y cada uno de los que ahí iban. Al que ni siquiera se atrevían a mirar de frente. Al Único, al Adorado, Su Persona. ¿Qué les diría? ¿Haría alguna aclaración de lo que acababa de suceder en Cholula? ¿Eran deveras dioses? ¿Los desenmascararía Su Persona? ¿Qué sería de ellos, los mexicanos, después de ese encuentro?

Felipe recordó una de las noches siguientes —ya con la dolorosa ausencia de la isleñita— en la ardiente casucha con techo de palma, dando vueltas toda la noche en una de las literas altas, en medio del coro de ronquidos de sus compañeros. Rezó un par de padrenuestros, pero poco efecto tuvieron. Con los ojos cerrados, la imagen de ella se hacía más viva, sin remedio. Trató de pensar en otras mujeres, con las que hubiera estado, y sólo consiguió excitarse más. La isleñita se anteponía con sus nalgas enormes, impositivas, pero había que vengarse de ella aunque sólo fuera con la imaginación, isleñita del demonio, imposible despreciar aquella otra dama sevillana, Dios mío, casada con un pariente lejano, que una noche en que se encontraba sola en la ciudad le permitió acompañarla hasta su casa después de una fiesta, hasta el recibidor, hasta el salón principal y la copa de vino, hasta la recámara. Cómo olvidar el momento en que cayó a sus pies el pesado vestido de tafetán con un como crepitar de hojas secas; en que se desprendió del jubón; de las varas de mimbre y las cuerdas y los listones; las ampulosas mangas en forma de bullones que dejaron al descubierto unos hombros blanquísimos; la primera caricia en las corolas rosadas de los pechos; el beso salivoso que bajó serpenteante por su vientre.

Por suerte, veía a poca gente. Ocasionalmente, por la tarde, se sentaba con otras mujeres de palacio en uno de los jardines, bajo un alero de palma, con el telar extendido frente a ellas como un pequeño horizonte, y ella casi no hablaba por más que le preguntaban y le hacían bromas. Como si le doliera hablar. Prefería concentrarse en urdir la tela minuciosamente, en el entrecruzamiento de los largos hilos que, como sus pensamientos, parecían surgir de su interior. Las mujeres que la acompañaban se encogían de hombros. El diálogo es difícil cuando el interlocutor tiene la cara esquiva, los ojos huidizos, la atención vagabunda del que apenas escucha una palabra la olvida y olvida a quien la ha pronunciado.

A su familia también había dejado de verla. Extrañaba a su madre y a sus hermanos, pero a su padre no tanto. A veces pensaba que a su padre no lo extrañaba para nada. Grande, macizo, rudo. El que manda, el que posee. Y aún se le antojaba menos verlo cuando palpaba en su labio inferior la cicatriz que le dejó con la espina de maguey por haberse reído de su hermano. A su padre nunca lo vio reír, pero sí llorar, algo que prefería olvidar del todo. Más que en una actitud autoritaria o de enojo —el oído duro, el corazón indiferente, la mano siempre cerrada—, no soportaba recordarlo doblegado. Entonces no le infundía miedo sino una lástima que enseguida se convertía en rechazo. ¿Asco? Hipaba, gimoteaba, se ponía sentimental, autocompasivo, bebía octli más de la cuenta, hablaba de sus antepasados hasta quedarse dormido sobre la mesa, con la cabeza sobre un antebrazo. Lágrimas gordas y lentas, innobles, le empapaban las mejillas, se perdían entre la laciedad de sus bigotes. Su piel se le volvía repelente si trataba de acariciarla —y en alguna ocasión trató de acariciarla en tal forma que también Nen prefería olvidar del todo. Además, al final de aquellas sesiones de tristeza terminaba siempre por treparse encima de su madre y poseerla hasta el alarido de ella, no se sabía bien a bien si de dolor o de placer. Una de las ventajas —y eran varias— de estar encerrada en palacio era no tener que volver a ver a su padre atacado por la tristeza.

Fue su madre quien, quizá sin quererlo, alimentó los primeros sueños que la desvelaron. Una noche les explicaba a ella y a sus hermanos —dentro de la luz gelatinosa del velón de sebo— sobre lo inevitable de los sacrificios humanos a los dioses, los hombres y las mujeres y hasta los niños a los que les sacaban los sacerdotes el corazón en lo alto de las pirámides, algo que había que entender en su sentido más profundo, el agradecimiento con que respondían siempre los dioses venerados, las grandes ventajas en el otro mundo —y aun en éste— para quienes eran sacrificados. Entonces su hermano comentó sobre los niños sacrificados al dios Ocotl en los primeros días de la primavera. En ciertas ocasiones había que arrancarles las uñas —y su hermano movía las puntas de los dedos para ilustrar mejor la imagen— antes de abrirles el pecho y sacarles el corazón, para con su llanto dar mayor gusto al dios y conseguir que les mandara mejores lluvias. Nen despertó a su madre algunas noches después.

—¿Deveras les sacan las uñas antes de sacrificarlos, madre?

—No sé, algo oí de eso pero no estoy segura. Quizá es sólo una uña, una uñita, para que lloren un poco y atraigan las lluvias.

—¿Y quiénes son esos niños? ¿Podrían venir por mí para sacarme las uñas y luego sacrificarme, madre?... ¡Ya hasta siento en las puntas de los dedos como que no tengo uñas, y me arden deveras!

—Nunca van a venir por ti para sacrificarte. Tú eres hija de un recolector de tributos. Esos niños son hijos de esclavos o de prisioneros. Duérmete, ya es muy tarde.

Felipe empezó a sudar copiosamente. Se volvió un poco de lado en la litera para estirar los brazos en la sombra y envolver el cuerpo de la dama sevillana, el de la isleñita, que se le metió también dentro. Ensueño —pero tan real— en que se le confundían nalgas blancas y morenas, pechos y vientres y suspiros y ojos en éxtasis; ensueño al que acariciaba suavemente, hasta que sus manos rozaron la almohada, la ciñeron, la arrancaron de abajo de su cabeza, la tendieron contra su propio cuerpo, que se estiró, convulso, mientras la boca mordía la tela insípida y fría. Señor, yo te juro no volver a masturbarme por ningún motivo, así me escueza por dentro. Sin saber exactamente en qué momento, se arrancó el calzón y quedó desnudo contra la almohada. Se enderezó y cayó boca aba-

jo, empujando con los riñones, haciendo el menor ruido posible: los ronquidos del compañero de la litera de abajo lo instaban a continuar. Empujaba los riñones contra la almohada, haciéndose daño, recorrido por una sensación de desesperación y encono. Apretaba la almohada contra las piernas, acercándola y rechazándola, y por fin cedió a la costumbre. Dios mío, perdóname aún antes de cometer el pecado. Cualquier pecado será perdonado, pero no el de Onán, que es peor que pecar contra el mismísimo Espíritu Santo. Se dejó caer de espaldas y su mano inició la carrera rítmica, lo más silenciosa posible para no despertar a los compañeros —a los que infinidad de veces había escuchado hacer lo mismo—, la verga que crecía y cuya presión graduaba, retardaba o acelaraba con antigua sabiduría. La isleñita, sí; la dama sevillana también.

—De aquí a muy poco, nuestra gran ciudad toda será destruida —había dicho Nezahualpilli, rey de Texcoco, quien conocía a la perfección las quinientas sesenta y tres artes de la nigromancia—. Nuestros hijos serán muertos en la forma más indigna. Tú mismo sufrirás las peores humillaciones. Acabarán con nuestras ciudades, acabarán con nuestros dioses, acabarán con nuestras artes de magia.

Moctezuma todavía se resistía a aceptar la profecía. Nezahualpilli insistió:

—Verás, antes de muchos días, señales reveladoras en el cielo. Entonces me creerás del todo.

Nezahualpilli sabía que sus propios días estaban contados —no era tan viejo, sólo tenía cincuenta y un años, y sin embargo había decidido "ir a esconderse a otro lugar". Por fortuna, aseguraba, no sería testigo del desastre que se acercaba. Moctezuma, al oírlo y creerle, lloró.

—¿Y yo dónde iré a esconderme? Dime. Quisiera volverme pájaro y volar muy lejos, y ocultarme en lo más áspero de los montes. Más que emperador quisiera ser un muchacho capturado en la guerra florida, próximo al sacrificio: aun entonces mi alma estaría más sosegada.

Poco tiempo después, una mañana llegó a palacio una estafeta de Texcoco para informarle a Moctezuma que el rey Nezahualpilli acababa de fallecer repentinamente. Corría el año once pedernal. Faltaban tan sólo tres para el de las profecías nefastas: uno caña, en que debía volver Quetzalcóatl Topiltzin.

Los tiempos se cumplieron. Las noticias de la llegada de los hombres dioses que surgieron del mar —monstruosos, invencibles—, anunciada en las profecías, se divulgaron con notable rapidez por toda la tierra firme; propagadas por el Anáhuac, llegaron pronto a oídos de Moctezuma, quien se sintió derrumbar. Pocas noches antes había subido a los terrados y confirmado sus peores presentimientos al descubrir en el cielo una gran nube blanca con cola de fuego, que iluminó a la ciudad como un sol súbito. Recordó la profecía de Nezahualpilli y, más que nunca, anheló estar a su lado, del otro lado de las cosas. ¿Y si aún fuera posible? Sin valor para combatir lo inevitable, decidió intentar una última huída del mundo de los vivos.

Pidió consejo a magos, adivinos, jorguines, hechiceros, videntes, nahuales, astrólogos, hombres-búhos —sólo en su palacio vivían miles de ellos. Su decisión era inquebrantable: irse de esta vida. Pero a dónde, y cómo. El problema no era sólo valor para darse muerte por propia mano sino, muy especialmente, ser admitido en un sitio adecuado en el mundo de los muertos. Por eso resultaba tan riesgoso morir sin saber exactamente a dónde se dirigía uno. Después de muchas reuniones y consultas entre ellos, por sus circunstancias personales y la forma en que moriría el emperador, le aconsejaron tres lugares para elegir. Uno, la casa del sol; otro, la tierra de Tláloc; uno más, la casa del maíz.

Moctezuma escogió la casa del maíz por su gran parecido con el paraíso terrenal del agua, el Tlalocan, y por encontrarse su acceso tan cerca de Tenochtitlan, debajo mismo del cerro de Chapultepec. Se informó dónde estaba exactamente la entrada de la gruta, llamada Cincalco, donde siglos antes se había ahorcado Huémac, el último rey de Tula. Por ser Chapultepec un sitio tan exclusivo de quienes habitaban el otro mundo, corría desde entonces la leyenda de que a la entrada del Cincalco se aparecía un fantasma luminoso que atrapaba caminantes que nunca más regresaban. La leyenda tenía la ventaja, por lo demás, de alejar del lugar a los curiosos, sobre todo por la noche.

La decisión estaba tomada. Llamó a sus xolome —los enanos, corcovados, tuertos, albinos, tullidos y cojos que estaban a su servicio— y les dijo en tono triste:

—Hijos míos, las profecías se han cumplido y ya nada tiene remedio, es irremediable. Por eso nosotros, ustedes y yo, debemos marcharnos de aquí. Ustedes han sido mi más constante compañía, la más fiel. ¿Cuál sería el caso de que permanecieran aquí solos, si yo falto? ¿Y cuál es el caso de continuar yo aquí si ya nada será igual, si todo se ha de derrumbar? Nos iremos al Cincalco, donde encontraremos a Huémac. Si logramos entrar allí, moriremos, es verdad, pero tan sólo para revivir en una vida eterna y feliz.

Los xolome despertaron la envidia de quienes se enteraron. Un viaje así, en compañía del emperador, era algo que cualquier súbdito podía soñar.

Pero a Moctezuma le continuaba preocupando sobremanera el ser admitido en el sitio elegido. Por eso tomó una mínima precaución: enviar una comitiva a preguntar. Ordenó que se desollasen a diez esclavos, los de mejor complexión, y llevasen sus pieles, mismas que confió a un grupo selecto de xolome.

—Tomen estas pieles de gran calidad, vayan al paraíso del Cincalco y entréguenlas de mi parte al rey Huémac diciéndole: Moctezuma, tu vasallo, te saluda y desea entrar a tu servicio.

Los xolome colocaron las pieles en chiquihuites y fueron al Cincalco. Encontraron cuatro caminos posibles, y siguieron el más bajo, según instrucciones de los brujos. Una vez en la oscura gruta, se toparon con un primer fantasma que ahí habitaba —quizás el de la leyenda— y que era en realidad un pobre viejo casi ciego, con unos ojos más delgados que una paja, y una vara que hacía las veces de bastón. Su tilma y sus manos, ambas levantadas, tenían tanta fosforescencia que iluminaban levemente sus facciones.

—¿Quiénes son ustedes? ¿Cómo se atreven a entrar aquí?

—Venimos a ver al rey, que nos han dicho se llama Huémac. Nos envía el emperador Moctezuma.

Al escuchar el nombre de Moctezuma, el fantasma los tomó de las manos. En ese instante envolvió a los xolome una oscuridad completa. Quienes lo tocaban, sintieron claramente cómo los dedos huesudos y algo húmedos del fantasma se desvanecieron y cómo en el centro del lugar apareció lentamente una pequeña nube, crecientemente luminosa, que terminó por adquirir forma humana, de *fiera figura*. Era Huémac, el señor del mundo subterráneo de Chapultepec. Los xolome se postraron ante él y le presentaron el envío de Moctezuma, las diez pieles humanas, de la mejor clase.

—¿Qué es lo que quiere Moctezuma? —preguntó Huémac.

—Nos envía a besarte los reales pies y manos, además de estas pieles humanas como presente.

—¿Por qué?

—Te ruega que lo recibas a tu servicio. La desesperación lo consume y no quiere más la vida. Le han dicho que los dioses que surgieron del mar lo han de humillar, acabarán con nuestras ciudades, con nuestros dioses y con nuestras artes de magia.

—¿Y para qué quiere venir acá? Díganle que no lo haga. ¿Piensa que en este lugar hay mujeres, oro y piedras preciosas como de las que él goza allá, en el mundo de arriba? Díganle que se engaña. Se engaña del todo. No se puede sustraer a lo que está escrito. Que se conforme con su suerte. Que goce mientras pueda lo que tiene.

—Nos pidió que insistiéramos —dijeron con voz tímida los xolome.

Entonces Huémac señaló hacia el círculo luminoso que había bajo sus pies. Los xolome vieron nacer, como entre llamas, distorsionadas y temblorosas figuras de hombres y mujeres sufrientes, como adoloridos por torturas indescriptibles; los rostros mal cubiertos por unas manos llagadas.

—Miren ustedes, éstos que habitan en mi compañía se dieron muerte por su propia mano aquí mismo en Chapultepec. Ahora padecen lo que ven. Por eso, que no piense Moctezuma que aquí tenemos contento y alegría. Por el contrario, todo es trabajo, sufrimiento y miseria.

—Se le dijo que también hay elegidos y poderosos, como en el mundo de los vivos, que gozan de enormes privilegios.

—Los hay, pero Moctezuma no será uno de ellos. De nada le sirve su jerarquía allá arriba para ser un elegido y poderoso aquí.

Cuando escuchó Moctezuma lo anterior, montó en cólera. ¿Por qué no iba a ser un elegido y poderoso *allá*? Esperaba que la respuesta de Huémac lo aliviara de la insoportable angustia y, por el contrario, la aumentaba. Los torpes embajadores que había enviado debían ser castigados. Mandó llamar al mayordomo mayor y le ordenó que sin tardanza los xolome fueran metidos en una jaula y apedreados ahí por otros xolome —algo que haría aún más doloroso el castigo— hasta que murieran.

Para la nueva embajada eligió a dos destacados discípulos de Nezahualpilli, duchos como lo fue él en las ciencias ocultas. Les narró sus desdichas y les ordenó que visitaran a Huémac y lo convencieran de una vez por todas de que lo aceptara entre sus elegidos.

—Si me traen buenas noticias, les ofrezco el cargo de jueces, uno de los mejores trabajos que se pueden tener aquí en palacio.

Los nuevos embajadores sabían la suerte que les esperaba en caso de fallar, así que sus argumentos ante Huémac fueron de tal naturaleza que éste terminó por aceptar, aunque con duras condiciones.

—Si quiere un trato especial que empiece por hacer penitencia. Sólo quienes practican la penitencia encuentran un sitio privilegiado aquí entre los muertos.

—¿Qué clase de penitencia?

—Primero que se aparte de las mujeres. Nada le va a costar más trabajo. Pero que también renuncie a los manjares suntuosos con que deleita su paladar todos los días. Que sólo coma unos bollos de bledo y una cucharada de frijoles hervidos, sin sal. Sólo eso. Que no apague su sed con aguas frescas, de frutas, sino con agua caliente, lo más caliente posible. Que use un atuendo de penitente, aplique a su espalda ciento treinta golpes de vara al despertar, y que por ahora no vuelva a sentarse en su trono.

—¿Cuánto tiempo debe durar esta mortificación?

—Ochenta días. Si la cumple fielmente al pie de la letra lo sentenciado contra él quedará sin efecto, y lo acogeré como elegido.

—¿Cómo podrá llegar a ti?

—Vuelvan acabados los ochenta días de la penitencia y se los diré.

Moctezuma se puso feliz al escuchar a sus enviados. Entonces él tenía razón y podía luchar contra el destino, contra la profecía de Nezahualpilli. Había una posibilidad de sustraerse a la angustia, a la humillación que le impondrían los que iban a llegar, los que ya iban rumbo a Tenochtitlan y nadie podía detener.

En tanto que en el caso precedente el mayordomo principal tuvo el encargo de los castigos lapidarios a los xolome, en éste colmó de regalos a los eficientes mensajeros. Según le ordenó el propio emperador, les dio mantas ricamente tejidas, naguas y huipiles para las mujeres de sus familias, dos cargas de cacao, otras tantas de almendras, fardos de chiles, chía, pepita, mucho algodón y canoas con maíz. Además, tal como se los había prometido, los nombró jueces, aunque sólo para juzgar y sentenciar cosas muy leves.

La penitencia de la castidad sería la más difícil, como bien lo previó Huémac. El emperador se jactaba, y con absoluta verdad, de haber tenido en alguna ocasión a cien concubinas embarazadas al mismo tiempo.

Por eso alejó de él a toda mujer. Tomó su primera cucharada de frijoles hervidos, acompañados de un par de bollos de bledo, y se sintió feliz. Golpeó sus espaldas por la mañana, se vistió como el más pobre de los macehuales y aun renunció a las hermosas flores que siempre tenía a su lado, algo que consideró entre las peores de las penitencias.

Al cabo de los ochenta dolientes días, llamó a los principales texcocanos para que regresaran al Cincalco, de acuerdo con las instrucciones de Huémac. Éste respondió que estaba muy satisfecho con Moctezuma por la forma tan rigurosa como había cumplido su penitencia, y se declaró dispuesto a recibirlo en su reino.

—Díganle que me aguarde en lo más alto de Chapultepec, a media noche y en cuatro días. Después de que se dé muerte por su propia mano, iré por él y lo llevaré conmigo. Que haga aderezar el sitio lo mejor que pueda.

Moctezuma recibió el mensaje feliz. Lloraba de la emoción y, aunque ya no era necesario, continuó la severísima penitencia. Saldó asuntos pendientes de su gobierno y aseguró ciertas mercedes a deudos y amigos.

Los xolome aderezaron el lugar, según órdenes recibidas. Compusieron en lo más alto de Chapultepec una hermosa enramada de zapote con dos aposentos. Uno con un trono de ricas plumas y adornos de oro para el emperador; contiguo, un sencillo estrado de frondas verdes. Esperarían reverencialmente a que el emperador se diera muerte para luego hacerlo ellos. Alguno tocaría una flauta de caña para hacerle más agradable el tránsito.

A principios de la noche del cuarto día, los xolome atisbaron en lo alto de Chapultepec una piedra blanca incandescente, de la cual manaba una luz tan intensa que se veía en todo Tenochtitlan, como si fuera de día. Enterado, subió Moctezuma a la azotea de palacio y vio el portento. Huémac —qué milagroso— se manifestaba como la más esplendorosa de las auroras boreales. Había llegado el momento de la evasión de este mundo, del arribo al otro.

A medianoche, secreta y sigilosamente, Moctezuma abordó unas canoas con sus xolome.

—¡Vamos al Cincalco, hijos míos! ¡A la casa de Huémac, a la realización del sueño de felicidad eterna, sin más miedos nocturnos ni humillaciones de quienes van a llegar, están ya por llegar entre nosotros, nada puede detenerlos! ¡Vamos, hijos míos, remen más de prisa!

Los enanos, corcovados, tuertos, albinos, contrahechos y cojos, sus súbditos más fieles, no pudieron evitar las lágrimas. Moctezuma los consoló:

—¿Por qué lloran? No hay razón para ello. Vamos a la dicha perfecta. Tendré aún más poder que aquí y ustedes a su vez serán mis elegidos. Allá, me aseguraron los videntes, ni siquiera tendremos memoria de lo que es la muerte. Sólo habrá memoria de las cosas buenas que hemos vivido.

El grupo arribó a tierra y trepó el cerro. Moctezuma se colocó en la cabeza un rico penacho de plumas de flamenco, y en las muñecas y en los tobillos aros de cuero colorado; orejeras de oro y un collar con cuentas de chalchihuites. Los xolome se quitaron la ropa y se vistieron con trajes de las más finas plumas y collares de jade al cuello.

Todo estaba listo. Exactamente encima tenían la luz de Huémac, intermitente como la luz de las luciérnagas. Un xolome empezó a tocar la flauta de caña, infundiendo apacibilidad al sitio. El emperador se sentó en su trono de plumas, bajo la enramada de zapote, y se dispu-

so a darse muerte en el pecho con un cuchillo de pedernal. Los xolome se acuclillaron en su estrado de hojas
verdes, escondiendo rostros y lágrimas. La música de la
flauta parecía volver aún más solemne el momento, integrarse al silencio mismo.

Y sin embargo, a pesar de su gran poder, Huémac
no pudo llegar al lado de Moctezuma. El más alto de los
dioses no lo permitió porque no era así como estaba
escrito. El destino de Moctezuma habría de cumplirse
hasta el final.

Cerca de ahí había un teocalli y el joven Texiptla
—el "doble" del dios que ahí se adoraba—, dormía tran-
quilamente. De improviso, resonó una voz en lo alto del
templo:

—Despierta, Texiptla, mira que tu rey Moctezuma huye de este mundo y se va a la cueva de Huémac.

Abrió los ojos el joven y vio que a su lado se
levantaba una columna de luz, tan brillante que le era
imposible mirarla de frente.

—Levántate Texiptla. Deja el mundo de los sueños. Tu rey no encontrará a Huémac en lo alto de
Chapultepec porque yo he venido a impedirlo. Luego
que me vio, Huémac huyó enseguida a su cueva infernal. Lo que se ha de cumplir no debe ser revocado.
Moctezuma debe permanecer en el mundo de los
vivos. Éste es el mandato del Señor de los montes, de
los ríos, de los aires y de las aguas más profundas. Así
ve e infórmaselo.

El Texiptla salió del templo y a orillas del lago
encontró una canoa, aparentemente ya prevista para su
misión. Saltó en ella y se puso a remar a toda prisa. Se
dirigió resueltamente hacia el emperador y lo alcanzó a
detener en su fatal acción.

—¿Qué es esto, señor mío? ¿Qué liviandad vas a

cometer? El rey de los mexicanos no puede obrar en forma tan cobarde, tan baja, tan ruin. Esa cueva en Chapultepec es una sucursal del infierno. ¿De qué te servirá el poder que puedas tener ahí? El más grande de los dioses me ha ordenado que te informe de tu engaño. No vas al cielo sino al infierno. Si te murieras y te viéramos morir sería cosa natural, pero de huirte, ¿qué diremos? ¿Qué será después de nosotros? ¿Y de ti mismo? Vuélvete pues a tu estado y asiento, señor de todos nosotros, y enfrenta a quien tengas que enfrentar.

Y acto seguido, el Texiptla le arrancó a Moctezuma el penacho de plumas de flamenco que llevaba a la cabeza y lo arrojó lo más lejos posible.

Moctezuma miró hacia arriba y comprobó que el gran fuego —la señal de Huémac— se había apagado del todo. Entonces bajó la cabeza y comprendió que era por demás intentar escapar a su suerte, a la inminencia de los Otros, que ya llegaban. Acompañado del Texiptla y los xolome, regresó a su palacio.

Una noche, para aliviarse de la opresión y el calor que acrecía en bodegas y sollados, Felipe salió a cubierta a contemplar la inmensidad del cielo más despejado y limpio que hubieran encontrado durante la travesía. Casi le pareció aquel cielo como el fin primordial del viaje, el que más podía infundirle un sentido y grabársele en la memoria como experiencia paradigmática.

Hundía los dedos en el fierro de la borda. Todas las emociones del viaje se le agolpaban en una lágrima que le quemaba la mejilla, caía sobre su mano derecha, resbalaba imperceptiblemente hacia el mar. Levantó los ojos y miró a través de nuevas lágrimas el casco de la noche hirviente de estrellas. ¿Qué código secreto encerraban sus guiños? En ese momento el palo mayor oscilaba y se adentraba en las Pléyades, perseguía a la estrella polar hasta alejarla.

—Tenía que estar aquí para reconocerlo —se dijo entre dientes—. ¿Cómo podía haber sido en otro sitio? Éste no es el cielo de Sevilla ni de ninguna otra ciudad del mundo, podría jurarlo. En las ciudades hay siempre como un vapor mefítico, reflejo de las almas, de los sueños, de los malos pensamientos de la gente que ahí habita. Sólo aquí eres visible, tendido sobre el mundo, abrazándolo con tu infinidad de ojos.

Sentía en las encías —no entiende por qué ahí— una crispación que lo trababa. Le hubiera gustado ocupar el lugar del vigía, abrir los brazos en cruz en plena cofa y pegar un largo grito de felicidad o de terror. ¿Cuál es la diferencia? Le hubiera gustado morir ahí mismo de un ataque fulminante al corazón, suponer que su alma saldría volando de ese palo mayor hacia lo alto, a perderse entre las nebulosas, a deshacerse, a integrarse al aire, al polvo fino que sueltan las estrellas, a vagar a la deriva, a emprender un viaje aún más aventurado que el que realizaba entonces, el verdadero, el que quizás anhelaba más que ningún otro.

La idea de la muerte, sin embargo y como siempre, lo estremece. Tiembla como con un viento demasiado fuerte, y le parece que tiemblan velas y gavias y la nave entera. Presiente que antes de merecer la visión plena de ese cielo único ha de padecer hasta lo indecible. ¿Pagando qué? Lo in-

*vade la helada certidumbre de desastres temidos
desde sus primeras lecturas infantiles. ¿En qué
momento deberán enfrentar barcos fantasmas o
fragatas inglesas o carabelas turcas o saicas greco-
rromanas? ¿Adónde le dijeron que se dirigían
exactamente? ¿Y si viajaran hacia un gran preci-
picio? ¿Con qué derecho intentan transponer el fin
del mundo, ir más allá?*

*Escucha el leve chapoteo del mar en la quilla,
que corta en dos el agua, la noche, el tiempo. Por
un momento, ese leve chapoteo parece llevar la
nave hacia atrás, hacia otros viajes primerizos a
tierras desconocidas. ¿Han tenido esta misma sensación encontrada —enconada— los hombres que
desde el principio de los tiempos se atrevieron a
buscar en lo desconocido? ¿Contemplaron los ojos
de Colón el mismo cielo, pero también el mismo
horizonte oscuro, impenetrable?*

*Baja la cabeza, suspira y un golpe de sueño lo
obliga a parpadear.*

*Se vuelve para regresar a los camarotes, y al
lado del timonero descubre una oscura figura
recortándose contra la luminosidad de la noche,
de complexión maciza y mediana estatura, que
también parece perdida en el escudriño de los
astros, con ojos resolutorios y un astrolabio en las
manos. Es el capitán Hernán Cortés, se dice, nuestro capitán, y el reconocimiento lo reconforta y le
augura un mejor sueño.*

En el fuerte de Xólotl —una isleta en mitad del
lago—, los señores de Texcoco, Ixtapalapa y Tacuba, se
adelantaron a recibir a Moctezuma. La agitación y los
gritos atronantes del gentío —algo como un gran animal

convulso, desarticulado y acéfalo— eran clara demostración de la euforia, pero también de una inquietud latente.

—Señor nuestro.

Moctezuma llegó sobre unas andas cargadas por ocho guerreros de la orden del águila. Lo cubría un palio adornado con plumas de quetzal, bordado de oro y piedras preciosas. En el pecho llevaba una gran esmeralda, del tamaño de un puño, y en su cabeza lucía unas orejeras de jade, propias de su rango, y una tiara con franjas de oro. Sus sandalias de oro —que jamás pisaban la tierra vulgar, sino las alfombras que tendían a su paso— estaban incrustadas de piedras preciosas.

Él, todavía hasta ese momento el Único. Su Persona.

Hernán Cortés, por su parte, bajó de su caballo y avanzó por una alfombra roja, de escogidas plumas. Un muchacho esparcía a su lado el humo de un incensario de copal. Primero enfrentó a caciques, nobles y principales, descalzos en señal de reverencia, enjoyados y con túnicas ceremoniales; se inclinaron tanto al saludarlo que casi tocaban con sus manos el suelo. Luego llegó Cortés hasta Moctezuma. A través de sus intérpretes, entre reverencias y nubes de incienso, cruzaron las primeras palabras de bienvenida. Cortés sacó de un jubón de terciopelo negro un collar de margaritas blancas de vidrio —sí, de vidrio—, sujetas a un cordón de oro perfumado con almizcle, y lo puso alrededor del cuello de Moctezuma, quien lo recibió con muestras de felicidad y, a su vez, entregó a Cortés un collar de caracoles, símbolo de Quetzalcóatl, y una tilma de plumas de quetzal.

Entonces habló Moctezuma.

—Señor nuestro, te has fatigado mucho, te has dado cansancio, pero ya a tus tierras has llegado. Has arribado a tu ciudad: México. Aquí has venido a sentarte en tu solio, en tu trono. Oh, por tiempo breve te lo conservaron los que ya se fueron, tus sustitutos. Los señores reyes Izcoatzin, Moctezuma el Viejo, Axayácatl, Tízoc, Ahuízotl. ¡Oh, qué breve tiempo guardaron para ti la ciudad de México! Ojalá algunos de ellos estuvieran aquí, viéndonos ahora. Verían lo que yo veo: a ti, el superviviente de nuestros señores, nuestro amo y señor. No, no es que yo sueñe. No te veo en sueños, no estoy soñando. ¡Es que ya te he visto! ¡Ya he puesto mis ojos en tu rostro! Hace unos días yo estaba angustiado: tenía fija la mirada en la oscura región del misterio. Y ahora tú has venido entre nubes, entre nieblas. Tenía que ser así porque así nos lo dejaron dicho los reyes, los que gobernaron tu ciudad tan sólo para cuidártela, los que nos dijeron que esperáramos, que más temprano que tarde habrías de llegar a instalarte en tu sitial. Ahora sus palabras se han cumplido y tú ya llegaste con gran fatiga, con gran afán viniste. Ven y descansa. Toma posesión de tus casas reales, da refrigerio a tu cuerpo.

Cortés se emocionó e intentó abrazarlo en señal de agradecimiento, pero los caballeros águila que acompañaban al emperador se lo impidieron, tomándolo por los brazos. Entonces tan sólo le extendió la mano y le dijo por boca de la Malinzin:

—Señor Moctezuma, nosotros mucho lo amamos. Bien satisfecho está hoy nuestro corazón. Hace ya mucho tiempo que deseábamos verlo y decirle esto. Tenga confianza y nada tema.

Y Cortés ordenó el disparo de una lombarda, que fue como la concreción, última y brutal, de cuanto había sucedido aquella mañana convulsa. Hubo gritos de terror y algunos se tiraron al suelo y escondieron la cabeza entre las manos. Las garzas volaron sobre el lago. Una pequeña nube de humo se levantó sobre el lugar del disparo y se distendió en lo alto.

Las palabras que dirigió Moctezuma a la multitud no dejaron ya lugar a dudas:

—¡Nuestro señor Quetzalcóatl ha regresado! ¡Los mexicanos debemos honrarle y estar felices!

El pueblo respondió con los brazos en alto y un largo grito que relajaba la tensión. Había un nuevo Señor al cual adorar.

Nen, perdida entre el gentío y atacada por continuos parpadeos, vio otras escenas superpuestas, entreveradas, incomprensibles pero dolorosas.

La gran plaza —ahí mismo, en la vieja tierra de agua— pletórica de gente parecida a la que tenía al lado, con rebozos y camisas blancas. El bullicio, los nervios por instalarse cuanto antes, por encontrar un buen lugar, la ansiedad de la espera que carcomía los rostros morenos, los tenderetes para los niños, los puestos que se levantaban, con tacos y frutas y banderitas y trompetas que empezaron a pintar la gran explanada de verde, blanco y colorado, el zumbido de abejas, las nubes de polvo y de humo.

La noche llegó casi sin aviso y unas luces muy blancas y redondas fueron a posarse como grandes ojos sobre el edificio central de la plaza, de piedras grises y tezontle rojo. En su puerta principal tenía un escudo —un águila devorando una serpiente— y a los lados dos figuras resaltadas de guerreros: un caballero águila azteca y un caballero español.

La fanfarria de trompetas y matracas y vivas atronó junto con el estallido de los primeros petardos. Ella entreveía en el balcón central la oscura figurita con las manos en alto.

—¡Mexicanos, viva México!

—¡Viva!

—¡Mueran los gachupines!

—¡Mueran!

Tocó una campana a rebato, también bañada de luz artificial. Nuevos —más y más— gritos de júbilo. El traqueteo de las matracas. El mugido de las trompetas tricolores. El castillo de nuevos petardos que se levantaba majestuoso hacia lo alto, metiéndose en la noche como un sol repentino.

A Nen la cabeza le daba vueltas. Cerró un momento los ojos, los volvió a abrir. Se llevó las manos a las sienes. Moctezuma seguía haciendo reverencias ante Cortés y la multitud continuaba con una gritería ensordecedora. Las imágenes y los gritos se le empalman, la marean.

—¡Viva el general Calles! ¡Mueran los reaccionarios!

—¡Viva el Partido Nacional Revolucionario!

—¡Viva Ortiz Rubio!

—¡Muera Vasconcelos!

—¡Viva Zapata! ¡Viva el Plan de Ayala! ¡Viva el Ejército Libertador del Sur!

—¡Qué viva Villa, jijos de la chingada! ¡Muera Carranza! ¡Muera el viejo barbas de chivo!

—¡Viva Sonora! ¡Viva el Plan de Agua Prieta!

—¡Viva Obregón!

—¡Muera Obregón!

—¡Viva Carranza!

—¡Muera Carranza!

—La bala que mate a Madero será la salvación de México.

—Los días de Madero están contados. Pascual Orozco se levantó en Chihuahua. Félix Díaz en Veracruz.

—¡Viva Madero!

—¡Muera Porfirio Díaz! ¡Abajo la dictadura! ¡Viva el partido antirreeleccionista!

—¡Viva nuestro general Porfirio Díaz! ¡Viva la revolución de Tuxtepec! ¡Viva el héroe de la Carbonera y el dos de abril! ¡Arriba el vencedor de los franceses!

—¡Viva el presidente Juárez! ¡Viva la República! ¡Viva el batallón de Supremos Poderes!

—Vamos, mujer, levanta más la cabeza, ya se acercan. Mira, en el primer coche viene el señor Juárez con don Sebastián Lerdo de Tejada; en el de más atrás el general Escobedo con el señor Iglesias...

—Mexicanos: traemos la paz y el progreso a este desventurado país. Si dejamos Miramar y nuestra antigua patria para acudir en vuestro auxilio, es porque vosotros mismos nos habéis llamado y vuestra salvación será a partir de ahora la tarea de nuestra vida.

—¡Viva el emperador Maximiliano! ¡Viva la emperatriz Carlota! ¡Viva el emperador Napoleón! ¡Arriba México y Francia! ¡Arriba el Imperio!

—¡Vámonos a Santa Paula! ¡Muerte a Santa Anna!

—¡Vamos por la pata! ¡La arrastraremos por las calles!

—¡Que muera el cojo vendepatrias! ¡Colguemos al tirano!

—Mexicanos: los texanos han fomentado los actuales disturbios, pero yo marcharé personalmente a someter a los revoltosos, y una vez consumado ese propósito, os juro que la línea divisoria entre México y los Estados Unidos se trazará junto a la boca de mis cañones...

—¡Que viva el general Santa Anna, el padre de la República!

—¡Viva la Independencia! ¡Viva Hidalgo! ¡Viva Morelos! ¡Viva Allende!

—¡Viva el Plan de Iguala, viva Agustín Primero, viva el emperador, viva el ejército de la Independencia!

—¡Mueran los gachupines!

Nen siente que las imágenes le revientan la cabeza, traga una saliva amarga y quemante. Mira borrosamente a Moctezuma y a Cortés en una escena interminable de reverencias y gestos de afabilidad. A pesar del barullo que la rodea, sólo escucha vagamente los latidos de su corazón. Teme que la exaltación se apropie de su cuerpo y —como tantas otras veces— la obligue a desprenderse del suelo, a integrarse al aire, a irse del mundo aunque sólo se eleve un medio cuerpo, cuando más. Busca un punto de apoyo, intenta respirar profundamente, se toma con fuerza del brazo de la mujer que la acompaña.

II

Quizá, como decía Juan, el infierno lo llevaban dentro, para qué preocuparse en buscarlo afuera, pero Felipe estuvo seguro de por fin haberle visto las llamas en toda su plenitud con la enfermedad que contrajo en Yucatán. Empezó con los mosquitos. Se le metían en las orejas, en las narices, en la boca, se deslizaban hasta la espalda como una arena fina y ya ahí atacaban sin piedad. ¿Cómo rascarse en la espalda y por dentro de la armadura? A ninguna tortura podía compararse la comezón con la armadura encima. Pero aun sin la armadura y por las noches, la tortura era casi peor porque impedía dormir.

Mosquitos sabios que terminaron por evadir el humo de los cocos secos que habían encendido él y sus compañeros sobre las parrillas de un anafre. Acudían por nubes, por enjambres, por batallones. El agudo silbido —como la señal de ataque— iba directo a cualquier parte del cuerpo que estuviera descubierta, con la tregua de un posarse repentino y fugaz, pronto advertido por la piel sensibilizada. Se daba vueltas, se cubría con la manta —el calor también era insoportable—, se abofeteaba, palmeaba en el aire, se rascaba hasta sangrarse. No soportaba más, quería gritar, correr hasta el mar, nadar hasta las naves, regresar a Sevilla; por momentos se acercaban tanto que sus sienes y sus oídos eran rozados por los zumbantes vuelos. Se untaba vinagre, se arrepentía de haberse embarcado, hasta olvidaba rezar por las noches, qué penitencia podía compararse con aquélla. La idea de pasar un día más, una sola noche más, en aquel sitio, con el calor abrasador ya entronado antes de que apuntara el alba, y con los mosquitos cerniéndose a todas horas sobre él como pequeños demonios, se le hizo intolerable; y quizá fueron la desesperación y la tristeza mismas las que acabaron por bajarle las defensas a su cuerpo enflaquecido para que arribara la enfermedad que contrajo. Una enfermedad que también atacó a varios otros de sus compañeros. Empezó con unas fiebres intermitentes, que aumentaban por la tarde, sudores fríos, castañeteos de dientes, fuertes retortijones y crecientes diarreas con un líquido verdoso. Recostado sobre su lecho de tablones y hojas secas, podía escuchar por las noches el cólico hipogástrico retumbarle en el estómago, seguirlo en su recorrido tortuoso a través del laberinto de los intestinos, acompañado de continuos gorgoteos y borborigmos. Casi dejó de comer —renunció a los indigestos frijoles, a los cacahuates, a los ajíes y los chiles, hasta a las frutas y al delicioso chocolate—, con lo cual empeoró drásticamente su estado. Mira que venir al nuevo mundo a morir en forma tan absurda —le decía a Juan, quien no dejó de estar a su lado apenas le era posible; le ponía paños con agua fría en la frente, lo cubría cuando le bajaba la fiebre, le preparaba caldos de gallina con arroz hervido, le daba trocitos de pan cazabe remojado en la boca. Felipe alucinaba, se sentía dentro de una olla humeante, a punto de servir de alimento a los antropófagos mayas, según la historia que escuchó de labios del propio Jerónimo de Aguilar. Se escaldaba, la carne hinchada empezaba a caérsele a pedazos. ¡Me comen vivo, Juan, me comen vivo, mírame cómo ya me faltan los dedos de esta mano!, y la extendía, temblorosa.

Por los acompañantes de Francisco Hernández de Córdoba, en un viaje anterior a Yucatán, se conocía en Cuba de la existencia de algunos españoles cautivos en aquellas tierras, en las tierras del *más allá*. ¿Dónde? ¿Por quiénes? ¿Cómo vivirían si es que deveras aún vivían? Desde entonces, Felipe escuchó versiones descabelladas al respecto, algunas imposible de creerse, pero que estimulaban ricamente la imaginación.

En Cozumel Hernán Cortés confirmó la versión, pues indios mercaderes le aseguraron que a dos soles de andadura les tenía por esclavos un afamado cacique. Cortés proveyó a los mercaderes con sendas cartas para los esclavos blancos, allególes cuentas de colores, figuritas de vidrio y camisas para su rescate, les dijo que a su regreso les daría más, y con dos navíos pequeños envió a Diego de Ordaz a Punta Catoche por ellos, con unos veinte ballesteros y escopeteros.

No lejos de Catoche, efectivamente, vivían desde ocho años atrás Jerónimo de Aguilar y Gonzalo Guerrero, el primero esclavo del cacique y el segundo —en un poblado cercano— libre y casado con una india muy hermosa, se decía; ambos sobrevivientes de un naufragio, en los bajos de Jamaica, al ir a Santo Domingo en 1511. Veinte sobrevivientes se acomodaron en un batel, y a remo, sin qué beber ni comer, anduvieron al garete hasta que una corriente los arrojó a la costa; ya para entonces muy diezmados, pues la mitad de ellos había muerto en la travesía.

Los sobrevivientes cayeron en un sitio paradisiaco: vastos campos de maíz, templos de blanca piedra labrada, anchurosos palacios y patios rituales en donde se jugaba con una pelota elástica. Pronto el sitio mostró su otro rostro —peor que infernal— cuando un grupo de nativos, ataviados con plumas y mantos de vivos colores, los tomaron presos y los llevaron a unas enormes jaulas de madera. A partir de entonces, todos los días les sirvieron suculentas y cada vez más frecuentes comidas: faisanes y venados, tortillas de maíz, pescado y jarros con espumoso chocolate. En cautiverio de tales características, unas semanas después estaban repuestos de los quebrantos sufridos. Valdivia, el capitán, abiertamente glotón y aficionado a largas siestas, engordó ostentosamente varios kilos.

Un amanecer escucharon tambores obsesivos atronando en el espacio, así como los cantos y el palmear de los pies de supuestos danzantes. Empezaba a caer el sol cuando un par de esclavos entró a una de las jaulas por el —ahora— gordo capitán Valdivia. Lo que escucharon después fue aterrador, casi imposible de narrar, contaba Jerónimo de Aguilar, llevándose las manos a los oídos. A Felipe casi le impresionó más la expresión de Jerónimo de Aguilar que sus palabras mismas. Los gritos, las quejas, los chillidos del pobre capitán Valdivia, algo que sobrepasaba la expresión de cualquier dolor humano. Unos minutos después se apagaron en un último quejido ahogado y en su lugar irrumpieron de nuevo, atronadores, los cantos de los mayas. Entonces comprendimos lo que estaba sucediendo, dijo Aguilar. A nuestro querido capitán lo habían cocinado los magos de la tribu.

Locos de terror, quebraron los barrotes de madera de las jaulas y huyeron a través de los bosques oscuros. Cualquier muerte era preferible a aquélla. Al día siguiente arribaron a un poblado en donde fueron tomados presos de nuevo aunque, milagrosamente, por nativos que eran enemigos declarados de los anteriores, que no parecían gustar de alimentarse con carne blanca y que simplemente los adoptaron como esclavos. La mayoría sucumbió a los malos tratos y a los estragos del clima, y sólo sobrevivieron Aguilar y Guerrero, quien logró escapar a un poblado cercano.

Así las cosas, tan pronto como los mercaderes llegaron al bohío donde Aguilar se encontraba, le hicieron entrega de la carta de Cortés, y su dueño —el cacique de la región— se advino a permutarlo por el rescate. Enseguida Aguilar recorrió las cinco leguas que lo separaban de su antiguo compañero, a quien tenía varios años de no ver. Le comunicó la buena nueva, pero Guerrero respondió tajante:

—Hermano Aguilar, como verás estoy felizmente casado y tengo estos tres boniticos hijitos, que son toda mi felicidad. Mi mujer es nativa de aquí y es la mejor mujer que pude haber soñado. Hermosa y sensual. ¿A dónde la voy a llevar? En este sitio paradisiaco me respetan y me tienen por cacique y por capitán cuando hay guerra con los poblados cercanos. ¿Qué más puedo pedir? Así que idos con Dios, que yo ya soy más de aquí que de allá. Compruébalo: tengo hasta labrada la cara y horadadas las orejas. ¿Qué dirían de mí nuestros hermanos españoles al aparecérmeles de tal manera?

Insistió Aguilar pero nada consiguió, salvo que la mujer de Guerrero lo pusiera de vuelta y media.

—¿A qué queréis llamar a mi marido, que ya tiene hijos y mujer? ¿A qué crearle tentaciones? ¡Idos y no le hagáis más pláticas inútiles!

—Sorprendente el primer hombre español que soñó amorosamente con una india mexicana, el primer hombre español que se supo ligado para siempre, por toda la eternidad a una india mexicana —dijo de nuevo Juan, con un suspiro que ahogó la chupada a la pipa—. Pero es cierto, no menos sorprendente que la primera india mexicana que soñó amorosamente con un hombre espa-

ñol, que se supo ligada para siempre, por toda la eternidad a un hombre español. Hay que imaginar el horror
que podría nacer de esos sueños amorosos...

—Todo en esta tierra lejana es locura, y en la
nuestra del otro lado del mundo también lo es, decías,
¿no? —contestó Felipe, convaleciente y con unas sombras
violáceas envolviéndole los ojos.

Pero la verdad es que no acababa de sanar,
aunque ya medio que podía trabajar, ir de un lugar al otro
y hasta meterse dentro de la pesada armadura. El malestar
le continuaba latente —si tomaba frutas le volvían las
diarreas— y la fiebre le subía puntualmente por la tarde.
Por eso el resto del viaje por aquellas fantasmagóricas
·tierras le pareció inseparable de las alucinaciones febriles
que había padecido.

Anexado Aguilar como intérprete a la expedición,
partieron de Cozumel y arribaron a la mancha —azulada
y transparente— de un río que surgía como un insólito
remanso del mar. Por su escaso fondo, los navíos grandes anclaron en la costa, mientras Cortés y parte de su
ejército remontaban la corriente en naves pequeñas y
bateles. A su paso les salieron centenares de canoas cargadas de guerreros que entonaban altisonantes cantos,
que sonaban ya como invitación al ataque. Entre las plantas acuáticas y los cañaverales pudieron ver, además, escuadrones de otros nativos, que parecían vigilar el menor
de sus movimientos.

Cortés, dispuesto a organizar estratégicamente la
conquista de aquellas tierras, y sin ánimo de gastar ener-
gías y hombres inútilmente, aprovechó el paso de una
gran canoa para mandar a Jerónimo de Aguilar que les
dijera a sus tripulantes que no deseaba hacerles mal, que
venía en son de paz y a ofrecerles algunos presentes a
cambio de agua dulce y comida; pero que si seguían

empeñados en la guerra se las iban a dar, y se iban a arrepentir. Aguilar, inclinado sobre la borda, traducía a gritos lo que le dictaba Cortés. Los indios, a cada nueva palabra, contestaban arrogantes empuñando sus arcos y sus lanzas. Antes de marcharse en sus canoas y esfumarse entre los cañaverales, le dijeron con toda claridad a Aguilar que los matarían a todos si seguían adelante, punto.

Cortés midió los riesgos. Mostrarse temeroso sentaría mal precedente —no tardaría en cundir la noticia— y dispuso remontar en bateles la corriente y atacar desde el río el pueblo contiguo; en tanto, Alonso de Ávila, con cien hombres y media docena de caballos, iría por tierra para caer por sorpresa al oír los primeros tiros.

Al día siguiente, después de la misa de rigor, llevaron a cabo el plan. Multitud de canoas empezaron a acosarlos y en la ribera surgieron, como aves agoreras, compactos escuadrones de guerreros emplumados, con las armas dispuestas, entre el tañer de caracoles y atabales. Aun en ese momento, insistió Cortés en hacer un último llamado a la paz a través de Aguilar, quien explicó a los indios enfáticamente:

—El capitán Hernán Cortés os ruega nos dejéis saltar a tierra, tomar agua dulce, frutos y comida, intercambiar presentes y hablaros de Dios y de su Santa Madre, la Virgen María, así como de su majestad don Carlos, que para esta misión hemos venido y es que estamos aquí. Por ende, os ruega que entendáis con claridad este requerimiento y reconozcáis a la Santa Madre Iglesia por Señora y Superiora del Universo, así como al Sumo Pontífice, llamado Papa, como Amo y Señor absoluto de estas tierras. Si en cambio nos dais guerra, y si por defendernos hubiera algunos muertos, quede constancia que será culpa de vosotros y no la nuestra.

Para sorpresa de Cortés, tales palabras parecían enfurecer aún más a los indios, quienes levantaban sus armas, el diapasón de sus gritos y el tañer de trompetillas, caracoles y atabales. La desesperación aumentaba en sus rostros pintarrajeados y no querían escuchar más razones que retardaran la batalla inminente.

Aguilar debió trasmitirle a Cortés aquella verdad irremediable:

—Señor, me parece que estos indios no quieren escuchar más la teología de este requerimiento.

—Pues entonces en nombre sea de Dios y hagamos lo que tenemos que hacer.

—Mira Felipe, ¿recuerdas?, de alguna manera lo supimos: que en ese momento estaba a punto de verterse la primera sangre que trajo como consecuencia nuestro arribo al otro mundo. Y también presentíamos que, después de aquel encuentro brutal, brotarían miles de nuevos manantiales rojos, que inundarían las ciudades y ensombrecerían los ríos.

Avanzaron las embarcaciones hasta la cenegosa ribera. Escopeteros y arcabuceros permanecían tensos y con los ojos fijos, como figuras de cera. A Felipe le dio un vuelco el corazón y sintió que la fiebre empezaba a subirle, envolviéndole la escena en una como sustancia gelatinosa y pardusca. Tronaron lombardas y mosquetones, apagando el furioso redoblar de los tambores. Nombrando al apóstol Santiago y con el agua hasta la cintura, dejaron los batales Cortés y sus soldados entre una lluvia de flechas y de lanzas tostadas. El estruendo de la pólvora salía al encuentro de hondas y piedras zumbantes, rodelas, arcos mal templados, escudos acolchados de algodón, los gritos, las trompetas, los silbos. La sangre se perdía en la pintura azulada de los cuerpos indígenas. En un momento dado, Cortés perdió una alpargata en el lodo y tuvo que combatir descalzo.

Ya en tierra se libró la lucha cuerpo a cuerpo, entre espadas centellantes y escudos rotos, chillidos, plumas sueltas, jubones y pecheras de acero, flechas rebotadas y ballestas disparando a bocajarro. Los blancos hicieron retroceder a los indios, quienes buscaron refugio en las cercas de madera que a toda prisa habían levantado la víspera para defender a su pueblo. Pero aún fueron detrás de ellos los españoles hasta el pequeño poblado, en donde se les unió puntualmente Alonso de Ávila con sus hombres y algunos a caballo, cerrando la mortífera pinza.

Al aparecer los caballos, los relinchos y bufidos, los indios se espantaron tanto que casi preferían regresar a ensartarse ellos mismos en las espadas que dejaban atrás. ¿Qué clase de monstruos de cuatro patas eran aquéllos? Los caballeros atacaban y revolvían sus cabalgaduras, tiraban lanzadas a los cuerpos desnudos y retrocedían al galope, haciendo alarde de destreza, con la impresión de participar en un celebrado torneo —o incluso en una corrida de toros— al que sólo le faltaran los espectadores en las triubunas y el atronar de los aplausos.

A pesar de la fiebre —o en parte gracias a ella— Felipe se descubrió una capacidad de agresión y una efectividad que nunca imaginó poseer. Una fuerza tónica volvió rauda a la mano que sostenía la espada, le repercutió en el corazón, le entonó las voces y los gritos con que acompañaba su gesta; los músculos se le templaban, le latían vivamente las sienes, el pulso se le disparaba desbocado. Después del primer indio muerto por su espada —la mano le temblaba incontrolable al extraer la espada sangrante del pecho atravesado, y prefirió no mirarlo a los ojos una vez que el herido había caído a sus pies—, los siguientes resultaron mucho más fáciles de aniquilar y le significaron —de nuevo, qué difícil reconocerlo— hasta un cierto placer. ¿Un cierto placer? En fin, de alguna manera había que llamar a esa sensación tan confusa. Cumplía con su obligación de soldado, no había opción. ¿Qué otra cosa podía hacer? Juan se reiría de sus tortuosas reflexiones sobre la vida y la muerte de aquellos horribles seres emplumados, casi más cerca de los animales que de los verdaderos humanos, ¿o no?

Por un instante —engaños de la fiebre, cuidado— Felipe tuvo la impresión de estar solo, del todo solo a pesar de la algarabía de la batalla, a pesar de la inmensa cuchillería confusa que le tajeaba los ojos. Quizá fue un simple parpadeo entre un espadazo y otro que se le prolongó mentalmente. Una soledad con el sol apenas trepado en el cielo de la otra orilla, con el chapoteo del río y a veces el golpe aplastado de un fruto maduro cayendo en una zanja. Miraba —y giraba— hacia todos lados, resbalando en el barro amarillo y caliente, ¿buscando qué? ¿Quizá simplemente corría, fuera de sí, detrás de algún herido al que quería rematar? ¿O deveras sería en el momento preciso de rematar a alguien, de verle unos ojos agónicos? No lo podía precisar. Pero sí recordó el cuerpo del ahogado río arriba, donde el agua se perdía secreta. Flotaba balaceándose lentamente como para desenredarse de los juncos de la otra orilla, un bulto negro y confuso que se acercaba, giraba apenas, retenido por un tobillo, por una mano, oscilando blandamente para soltarse, saliendo de los juncos hasta ingresar en la corriente más cercana, llegando cadencioso a la ribera desnuda donde el sol iba a darle de lleno en plena cara. Felipe sentía que el cielo, demasiado bajo, se le aplastaba opresivo contra la nuca y los hombros, obligándolo a mirar interminablemente el agua, el ahogado, el destello de la armadura. Por supuesto, la armadura. La corriente por fin hizo girar el cuerpo, jugó un momento con él antes de llevarlo al borde de la lengua de tierra. Felipe esperó a que pasara casi a sus pies para poder verle la cara, Juan, el terror que me crecía desde dentro como telas en los ojos a través de las cuales distinguí borrosamente mi propio rostro, te juro, yo mismo flotaba ahí, palidísimo, con unos ojos ausentes y la armadura manchada de sangre, bien dices que lo más peligroso de estas enfermedades tropicales son las trampas que nos tienden ya al salir de ellas, en plena resaca. No te rías, quizá deveras me quedé un momento obnubilado, como idiota, mirando al río y cualquiera pudo llegarme por la espalda con una lanza, no imaginas la sensación tan horrible de no sentirte del todo dueño de ti mismo, además de verte reflejado en el rostro de un simple ahogado que pasa a tu lado.

—Vamos, tras de ellos, que sepan quiénes somos, lo que arriesgan peleando con nosotros, que se corra la voz. ¡Por Santiago! —gritó Cortés.

Los hicieron retroceder hasta los patios de un templo, en donde Cortés ordenó por fin cesar la persecución. El número de indios muertos era incontable, con cuerpos sangrantes, algunos aún agónicos, por todas partes a donde se volvieran los ojos. Algún soldado español remataba compasivamente con la punta de su espada un gemido ahogado o una mano crispada en alto. Cortés en cambio sólo había perdido a tres de sus hombres y tenía, cuando más, una docena de heridos. Los caballos, sintomáticamente, apenas si habían sido tocados y sólo dos de ellos presentaban heridas leves, a las que aplicaron enseguida paños calientes. Los demás soldados, acezantes, emocionalmente afectados por la batalla, abrumados por sus pesadas armaduras y las ropas acolchadas que los ahogaban en aquel clima de invernadero, se tiraron a la sombra de los árboles a recuperar el aire, a beber un poco de agua. Pero el momento era demasiado solemne y Cortés los obligó a ponerse de pie para que asistieran a la toma de posesión de la tierra. Desenvainó la espada y con la rodela embrazada se acercó a una ceiba con la actitud con que se hubiera acercado a un altar. Le dio tres cuchilladas al tronco y declaró en voz alta, quebrada por la emoción, que todas sus obras y victorias eran por mano de nuestro Señor Jesucristo y nada más. Que tomaba posesión de aquella tierra a nombre de su majestad don Carlos y la bautizaba con el nombre de Santa María de la Victoria. También agregó que si hubiera alguna persona que lo contradijera, él defendería el derecho del rey con su espada y con su vida misma. Los soldados, con lágrimas en los ojos, también desenvainaron sus espadas y con ellas en alto respondieron a gritos que serían los primeros en impedir que alguien más que su majestad fuera dueño de aquellas tierras y que se comprometían a implantar ahí la palabra de Dios Nuestro Señor, todo lo cual fue formulado por el escribano Godoy en un auto, cual debía ser.

En las siguientes horas improvisaron un campamento. Enterraron a sus muertos y curaron a sus heridos; los escopeteros se pusieron a limpiar sus arcabuces; los ballesteros hacían nuevas flechas y engrasaban las cuerdas de sus ballestas; los peones cosían la ropa rasgada, afilaban las espadas y reparaban los abollados yelmos y escudos. Cortés soltó a los prisioneros, les regaló cuentas azules y verdes, y les pidió ir en busca de sus caciques para hacer las paces.

—Mirad, señores —dijo Cortés riendo a los soldados que lo acompañaban—, que en esta batalla descubrimos que estos pobres indios temen vivamente a los caballos y han de pensar que ellos solos hacen la guerra.

He pensado en algo para que mejor lo crean sus caciques y jefes, que no tardarán en venir y a quienes debemos amedrentar y hacer nuestros. Traigan la yegua de Juan de Sedeño, que está en celo, y átenla un momento aquí mismo, cerca de mí. Luego se la llevan y cuando yo esté hablando con los visitantes traen de improviso el caballo de Ortiz el Músico, que es un caballo muy rijoso y aún lo será más cuando tome el olor de la yegua en celo. Verán la cara que ponen los indios.

Por la tarde llegó un grupo de caciques mayas e indios principales, ricamente ataviados. Refulgía en sus rostros morenos y tiznados el oro de sus arracadas y bezotes. Cargaban unas vasijas de barro con copal para sahumar a Cortés; además le llevaban deliciosas viandas, oro y doncellas. Mucho oro: diademas, orejeras, figurillas finamente labradas. Cortés los recibió sentado en una silla de tijera, bajo una enramada y con Jerónimo de Aguilar al lado. Entre nubes de incienso les habló fingiendo enojo. Todas las veces que los había requerido con la paz, ellos se empeñaron en darles guerra. Por ser cupables de lo ocurrido merecían la muerte, ellos y los habitantes de sus pueblos, pero los españoles eran vasallos de un gran rey, magnánimo y generoso, que los envió a ayudarlos y a enseñarles la verdadera religión, que es la cristiana.

Antes de terminar el discurso, Cortés hizo una seña a los artilleros que esperaban la orden de poner fuego a una lombarda. El estallido pareció encender el cielo e hizo revolotear a los pájaros entre los árboles. Ante el asombro de los jefes y caciques, una bola de fuego salió zumbando por los bosques. Para reafirmar la impresión, en ese mismo momento llevaron al garañón de Ortiz el Músico, que al percibir el olor que la yegua en celo había dejado en el lugar relinchó largamente, soltó una bocanada de espuma, se paró de manos, miró a todos con sus ojos abismados y como sangrantes y pareció lanzarse sobre los temblorosos indios.

Una vez obtenido el efecto, Cortés se levantó de su silla y fue a acariciar las ancas del caballo, hablándole amorosamente. Ya más tranquilo, ordenó a los mozos de espuela que se lo llevaran y regresó con sus visitantes mayas. Les dijo que, en fin, el caballo se había apaciguado porque supo que ellos venían en son de paz y serían a partir de ese momento devotos de la religión cristiana y súbditos de la corona española.

Aceptó Cortés las muestras de sometimiento, pero todavía les exigió una más, dificilísima: que fueran a sus pueblos por sus mujeres y sus hijos, que regresaran con ellos y toda la gente que gustaran y los acompañaran a oír una misa, algo que les iba a cambiar la vida.

Al día siguiente, domingo de Ramos, los carpinteros de la flota, ayudados por los propios indios, construyeron un altar. Los indios quedaron atónitos ante aquella procesión de hombres robustos, blancos, barbados, invencibles, que sin embargo se arrodillaban ante la imagen de una mujer con un manto azul, ojos en éxtasis y envuelta en un halo resplandeciente. Además, besaban una cruz de madera. Ellos, como parte de la obediencia, debieron hacer lo mismo. Besaron por turnos una pequeña cruz, olorosa a madera fresca. Algunos indios, como los españoles, llevaban manojos de ramas verdes como ofrenda. Mira, con esos manojos de ramas verdes iniciábamos la conquista espiritual del otro mundo, Felipe.

Fray Bartolomé de Olmedo ofició una emotiva misa y les endilgó un sermón que Jerónimo de Aguilar tradujo como Dios le dio a entender. Las doncellas indias fueron bautizadas y acto seguido Cortés las distribuyó entre sus capitanes. A Portocarrero le tocó una llamada Malinzin.

Creo que fue entonces cuando supimos que no había regreso, ¿verdad? Que el acto insensato del capitán Hernán Cortés de barrenar sus naves no era sino símbolo de ese sentimiento, ¿no crees?

Nen estuvo en los preparativos de la fiesta de Huitzilopochtli, en el Templo Mayor, esperada durante el año como el acontecimiento religioso más importante de la ciudad. Llegaban de los alrededores; salían con la suficiente anticipación y algunos aprovechaban para hacer penitencia por el camino, descalzos, hincados y desollándose las rodillas, con espinas de maguey clavadas en los labios, en las mejillas, en las manos, en los sitios en que más dolieran.

En andas especiales ingresaban a la ciudad enfermos graves, ciegos, paralíticos, niños deformes.

Daban forma al cuerpo del dios con semillas de bledo, algo tan difícil y delicado como buscarle el corazón a una espina. Lo ponían sobre un armazón de varas y lo fijaban con agujas. Cuando estaba formada la figura, la emplumaban y le hacían en la cara un embijamiento, es decir, rayas que atravesaban su rostro por cerca de los ojos. Le ponían sus orejas de mosaico de turquesa, de las que pendían anillos de espinas. La insignia de la nariz era de oro, con piedras finas engastadas, y de la que también colgaba un anillo de espinas. Sobre la cabeza le ponían el tocado mágico de plumas de colibrí.

La fiesta de ese año no podría ser como las anteriores. Todo alrededor de los mexicanos se había confundido y ya ni siquiera sabían bien a

bien a quién adorar. Los teules se habían mostra-
do tan brutales con sus dioses —recién llegados a
Tenochtitlan habían destruido cuanto ídolo o fi-
gurilla encontraban a su paso— que ni siquiera
estaban seguros de que les permitieran celebrar
aquella fiesta, de una importancia extrema para
ellos. ¿Cómo concebir el resto del año sin la cele-
bración?

Luego le ponían el llamado anecuyótl, especie
de ceñidero en la cintura, y al cuello un aderezo
de plumas de papagayo amarillo del cual estaba
pendiente un fleco escalonado como el que usa-
ban los muchachos guerreros. Envolverlo en su
manto de hojas de ortiga, con plumas de águila y
dibujos de huesos y calaveras, era uno de los
momentos más esperados por los realizadores del
refinado trabajo.

De pronto los españoles formaron parte de la
ciudad, en la calle preguntándolo todo a señas, con
palabras insistentes que empezaron a grabarse los indios,
riendo: no sólo destruyeron a los dioses sino que intro-
dujeron la irreverencia de la risa; en el mercado: buscán-
dole el oro a todo, mordiéndolo para comprobar su
autenticidad, desprendiéndolo de los collares de los ídolos, de cualquier figurita, de las lunetas de la nariz, de las
grebas, de las ajorcas, de las diademas; o bebiendo octli
hasta emborracharse y en ocasiones terminar tirados en
la calle entre escupitajos y vómitos; golpeando con sus
guantes de hierro a quien fuera al menor pretexto y a
veces sin necesidad de pretexto; deambulando como
fantasmas por los salones de los palacios, por sus pasillos, por sus jardines, por sus baños; apareciendo en
cualquier parte cuando menos se les esperaba; sentándo-

se a comer en las esteras del comedor principal sin ninguna ceremonia, arrebatándose unos a otros la comida; acariciando con descaro a las mujeres que se les antojara, aun a las favoritas del emperador, intocables hasta entonces. De pronto ya no fueron los teules esperados a los cuales había que adorar, sino tan sólo monstruos a los cuales temer.

¿Pero qué iban a hacer ellos, los mexicanos, sin sus propios dioses y a la vez sin acabar de entender y amar a los que querían imponerles?

Nen se estremecía y las lágrimas salían de sus ojos al ayudar a envolver la figura del dios en su manto de hojas de ortiga, como si arropara a un recién nacido. A la espalda le pegaron banderitas de papel color de sangre. Su escudo era de bambú.

Se decía que cuando el emperador los llevó a conocer el templo de Tláloc salieron corriendo con gestos y exclamaciones de náusea, por el mal olor que ahí había (ellos, que también olían tan mal) y por la sangre embarrada en las paredes. Cuando pudieron controlar la sensibilidad de sus estómagos, algunos de ellos regresaron y, se dijo, tuvieron espasmos de rabia al comprobar que la imagen hueca de Tláloc estaba llena hasta el borde de corazones humanos en estado de putrefacción. El capitán Cortés pegó de gritos y estaba tan enfurecido que sacó su espada y empezó a golpear al ídolo, haciéndolo saltar en pedazos, ante el pasmo del propio Moctezuma y sus sacerdotes, quienes esperaban de un momento a otro la reacción furiosa del dios al ser así tratado —relámpagos y truenos en el cielo azul, temblores de tierra, lluvias inexplicables—, pero nada sucedió. Más tranquilo, Cortés habló con Moctezuma a través de su intérprete.

—¿Veis como nada sucede?

Moctezuma continuaba mirando hacia lo alto, con los puños apretados.

—Este ídolo vuestro no es un dios. Es una cosa del mal que nosotros llamamos un diablo. Debe ser sacado de aquí y enterrado bajo tierra, lo más profundo que se pueda, en una oscuridad eterna. Permitidme colocar en su lugar la cruz de Nuestro Señor y una imagen de Nuestra Señora. Veréis que este diablo no se atreverá a oponerse y os daréis cuenta de que es inferior y que le teme al verdadero Dios y a la madre de ese Dios. Traigo la encomienda de mi rey, don Carlos, de instruiros en estas cosas de la religión, que es sustento de una vida provechosa y de la salvación del alma. Por eso, es necesario que enseguida hagáis a un lado a dioses tan malvados y sangrientos y empecéis a adorar a los nuestros, que son bondadosos.

Y ahí quedaron la cruz de Nuestro Señor y la imagen de Nuestra Señora.

Al anochecer —iluminados por braseros y hachones de ocote que se consumían chisporroteantes, olorosos a resina—, descubrieron el rostro de Huitzilopochtli como parte culminante de la ceremonia. El clamor reverencial desató los primeros llantos ahogados. Luego se colocaron en fila para acercarse al dios, inciensarlo y poner a sus pies las ofrendas, desde juguetes que llevaban los niños, telas ricamente tejidas, piedras raras, comida, flores y muchas rodajas de semilla de bledo apelmazadas. Algunos eran incapaces de mirarlo de frente y se escondían dentro de su propio pecho, o llegaban besando o lamiendo la tierra por la que pasaban, o suplicaban un milagro a gritos y con las manos

extendidas, o mostraban las llagas de las peni-
tencias cumplidas y ofrecían otras aún más doloro-
sas, o mostraban a los niños enfermos en alto, o
eran incapaces de quedarse quietos y ya empezaban
a bailar, a dar giros enfervorizados, todos con el
pecho inflamado, dentro de una exaltación que
parecía refulgir en el aire denso, humoso.

Y vieron los habitantes de Tenochtitlan cómo era quemado vivo —algo nunca visto— Cuauhpopoca, señor de Nautla, por haber dado muerte a cuchilladas a seis o siete españoles en una guarnición.

Moctezuma había dicho:

—La acción de Cuauhpopoca me ha causado un gran daño ante nuestros honorables huéspedes. Por lo tanto, cederé mi veredicto al capitán Cortés y dejaré que él determine qué castigo merece.

Y Cortés los mandó quemar vivos a él y a sus cuatro hombres. Un castigo inusual que burlaba las costumbres de los mexicanos y, de nuevo, ofendía a sus dioses. No sería una muerte florida, no se les sacaría los corazones en lo alto de una pirámide, no se embarraría la sangre derramada en las paredes del templo, no se les cercenaría algún miembro del cuerpo para usarse como ofrenda en algún rito de sacrificio, nadie comería después sus cadáveres. Serían, pues, muertes inútiles que sin embargo despertaron enorme curiosidad entre la población.

Cuauhpopoca se aterró al enterarse.

—Denme la muerte que quieran, pero no ésa. Me van a mandar al lugar en donde los muertos no tienen descanso —dicen que dijo.

Una mañana llevaron a los cinco hombres con las cabezas dentro de unos anillos de hierro, eslabonados, como serpientes redondeadas y enlazadas, y las manos sujetas a las espaldas. Previamente se habían levantado altos maderos en el centro de la plaza del Templo Mayor, con una base realzada para apoyar los pies. Ahí los subieron, atándolos duramente con unas cuerdas. Un sacerdote encapuchado algo les dijo en susurro, tomó un hisopo y lo empapó en agua que había bendecido previamente, los asperjó y les hizo signos de cruces frente a los ojos. Todo dentro de una gran solemnidad, incomprensible para los condenados.

Alrededor de los maderos pusieron haces de leña previamente remojados en chapopote, y les prendieron fuego.

Primero más bien tenían rostros como de asombro al ver nacer muy lentamente las llamas bajo sus pies. Pero conforme éstas ascendieron los rostros se transformaron. Cuando las lenguas de fuego empezaron a lamerles la piel, como si la cosquillearan, se desataron los gritos de pánico. La grasa misma de sus cuerpos extendía el fuego. Las llamas azuladas subieron tan altas que ocultaron los rostros y resplandecieron —en un último fogonazo— al atrapar las cabelleras. Los cuerpos quemados se retorcían, chisporroteaban, chasqueaban, estallaban.

Luego, dentro de la misma exaltación, y como si los ruegos se hubieran concedido de golpe o estuvieran ya por concederse, corrieron a celebrar la fiesta al patio del templo. Empezó la música de atabales y sonajas, los cantos y el baile del culebreo. Los enfermos se sentían mejor, las llagas parecían doler menos, a los llantos se anexaban sonrisas, los paralíticos hacían un esfuerzo por dejar las andas y desplazarse por sí mismos aunque fuera a rastras. Se abrían los puestos con comida y bebida. Ajolotes, ranas, pececillos que se ofrecían en hojas de maíz, perrillos de la tierra hervidos, liebres desolladas, toda clase de aves. Los brazos de las mujeres parecían integrados a la piedra donde preparaban las tortillas. Nunca faltaban los que manchaban la fiesta abusando del octli y hasta comiendo hongos sagrados.

Al frente, guiando a la gente en el baile del culebreo, iban los más afamados guerreros aztecas, con penachos amarillos de guacamaya, las caderas atadas con mallas blancas, campanillas, cascabeles, las piernas pintadas de azul, sandalias de oro y portando banderas de plumas. Aun los que no estaban en el baile cantaban y palmeaban eufóricos.

También se decía que habían llevado preso al emperador al palacio de Axayácatl, en donde vivían los teules, y hasta le habían puesto cadenas de hierro en los pies.

Moctezuma primero lloró y suplicó que no lo hicieran.

—¿Qué dirán mis principales cuando me vean llegar preso?

Y un tal Juan Velázquez lo amenazó con matarlo a cuchilladas si no se dejaba y hasta lo llamó perro. ¿Llamar perro a aquel a quienes ellos, los mexicanos, no se atrevían ni siquiera a mirar de frente, a los ojos?

Pero luego, ya ahí, le quitaron las cadenas de hierro y él se sintió más confiado y hasta se justificó ante sus principales.

—No podía negarme porque mis negativas podían haber acarreado que se matara a más gente nuestra. Aquí hay suficiente espacio para toda mi corte, cuartos cómodos, baños, salones de audiencias, y se me dan las facilidades que requiero para recibir a quien desee y para atender los asuntos del pueblo.

Moctezuma hubo de reconocer que los teules ya no eran tales, sino hombres de carne y hueso, ambiciosos y crueles. Terrible desilusión que había que asumir. Al preguntarle sobre los tesoros que guardaba en su palacio respondió:

—Cuando los soldados blancos me ayudaron en la mudanza a este palacio, descubrieron los cuartos de la tesorería, a pesar de que estaban firmemente tapiados. Sin embargo, sólo les interesaron el oro y las joyas preciosas, las perlas, las ágatas, las cornerinas, las esmeraldas, los rubíes, los topacios. No les importaron las plumas raras, ni los tintes, ni las piedras de jade, ni las piezas de tecali y de cristal de roca, ni las semillas de flores únicas. Eso seguirá atesorado y nos permitirá sostenernos una vez que ellos se hayan marchado, apenas lleguen las nuevas naves que esperan les envíe su rey. Se irán y yo retornaré a mi palacio. Así lo han jurado por sus dioses. Entonces podremos regresar a nuestros ritos, destruir las imágenes que pusieron en nuestros templos, rehacer el tesoro, incrementar nuestras demandas tributarias. México volverá a ser el que ha sido siempre.

Nen no podía evitar que el corazón le diera un vuelco al verlos: tanto los presintió, los soñó, los hizo visibles en los dibujos que los tlacuilos hicieron de sus visiones; tanto la emocionó, como nada antes, el momento en que los vio arribar a la ciudad. No podía evitarlo, aunque tanto supiera ya de ellos, y le siguieran diciendo de las cosas malas, inimaginables, que hacían. Se trataba de verdaderos demonios —la peor de las plagas que podía haber asolado a Tenochtitlan— y ya se fraguaba un plan secreto de altos personajes de la corte para echarlos fuera, regresarlos al mar del que habían llegado, o hacerles la guerra hasta aniquilarlos. Y sin embargo, Nen los buscaba por la ciudad, por los pasillos del palacio, los seguía, los miraba de reojo, esperaba topárselos de golpe en los lugares más insólitos. Un día se estuvo toda la mañana detrás de ellos en el mercado, desde lejos, a buena distancia para que no fueran a descubrirla, a preguntarle, a burlarse de ella como de todo se burlaban, a llevarla quizás al sitio a donde, se decía, llevaban a las mujeres con las que querían estar solos. Aun los que se veían más sucios, los que tenían la piel tan pálida como la cal, los que tenían la cara tan picada como la roca volcánica, le provocaban unos hondos suspiros, le traían al mundo del sol verdadero los sueños que tuvo desde niña.

Precisamente por saber que podían andar por ahí empezó a ir tanto al mercado —en palacio nadie la requería y para ese entonces casi nadie notaba la ausencia de nadie, tan confundidos andaban todos. Le encantaba caminar entre los puestos y tenderetes como por un laberinto, entre los curiosos y los gritos de los vendedores y los merolicos; ociosos y trabajadores de verdad, como los jóvenes sentados a los pies de los viejos maestros del tejido o de la pintura, las rollizas mujeres que amamantaban a sus hijos y a la vez guisaban en grandes ollas. Buscaba entre las cosas a sabiendas de que no iba a adquirir nada, diversión que valía por sí misma. En la calle de los mercaderes de joyas, entre los collares de oro y de jade, los brazaletes, los pectorales, los bezotes y las orejeras; en los locales donde se vendían las más finas capas de plumas,

*los escudos incrustados en lapizlázuli, los espejos de
obsidiana, los jarros pintados; con los escultores que
redondeaban los largos colmillos de una gigantesca
cabeza de serpiente.*

*De pronto se descubrió al lado de él, mirando lo
mismo. Un tlacuilo trabajaba sobre una gran tela
de algodón teñida —más alta que él mismo—, ajus-
tada a un marco de madera. Llenaba los espacios
ya dibujados con plumas de colores a las que previamente descañonaba. Las pegaba con una única gota de hule líquido, delicadamente, con un
pulso inconmovible. En el claro de un bosque había una laguna con aves que el dibujante copiaba
miméticamente. Águilas reales, halcones, papaga-
yos, dorales, búharos, cernícalos, patos, pajarillos
diminutos o aves muy altas de zancas. Cada dibu-
jo estaba hecho con las plumas de su especie, o por
lo menos así lo parecía. Una pluma verde o azul
era elegida entre una gran variedad de plumas
verdes o azules, clasificadas según sus tonos. Nen lo
miró a él de reojo. Los ojos oscuros y dulces, la
nariz aquilina, la barba rojiza y medio encarrujada, la boina por la que asomaban mechones de
pelo igualmente rojizo. Debía de ser muy joven,
quizá de la edad de su hermano mayor, cuando
más. Estaba absorto con el dibujante de plumas,
pestañeaba de continuo y ni siquiera atendió a su
compañero cuando lo llamó al local de junto, el de
unos orfebres que labraban piezas de jade o soplaban con largas pajas el crisol donde se fundía una
máscara de oro, y a donde finalmente él fue y
hasta donde ella lo siguió con el mayor disimulo
posible. También lo vio intentar ajustarse al rostro
la máscara oscura de una calavera ante un espejo*

*de obsidiana, entre risas de él y su compañero, y
detenerse largamente ante un grupo de esclavos
con collares en los pescuezos, a los que un tratante
ponderaba a gritos, golpeándoles piernas y brazos,
mostrando la dureza de los músculos de sus estómagos. A Nen le encantó cuando él miraba con
fijeza, las cejas tan tupidas, los gestos que hacía
con la boca cuando algo le gustaba o le disgustaba.*

*Sin embargo, al verlo aparecer de golpe en el
Templo Mayor —casi como parte de la ceremonia
religiosa misma—, supo que sus ojos no eran ya
sus ojos y que él encarnaba la fatalidad que siempre temió, que había sido casi su compañera más
cercana.*

De pronto surgieron de lo más profundo de la
noche como un castigo impuesto por sus propios dioses,
por cuanto se los había deshonrado. Algo tenía que suceder. Y por eso sucedió ahí, en el Templo Mayor. Quizá
la furia del propio Huitzilopochtli, al que en esos momentos veneraban y festejaban. ¿O les habría faltado hacer
penitencia? Como si fueran sus dioses los que empuña-
ron las espadas con que los destruyeron, con que los
decapitaron, con que les cercenaron piernas y brazos, con
que clavaron a los niños contra la tierra, como reinte-
grándolos a ella. Como si los teules fueran únicamente lo
que desde un inicio —desde la mañana reverberante en
que llegaron— les pareció: fantasmas y nada más que
fantasmas, intermediarios de algo más, algo que debía
llegar desde más alto.

¿Por qué? ¿Quién tomó la decisión de hacerlo?
¿Para qué? ¿Con qué fin? ¿Por qué en ese momento, por
qué ahí, por qué con tal saña? ¿Por qué siguieron a sus
casas comunales a matar a los que lograron escapar? ¿Por

qué aprovecharon para violar a las mujeres y para desvalijar a los cadáveres? ¿Por qué remataban tan brutalmente a los que fingían estar muertos, incluso a los niños? ¿Quién los convocó a hacerlo?

—Averigüé que los indios se sublevaron por culpa de Alvarado —explicó el capitán Hernán Cortés—, el cual se puso nervioso al ver que muchos indios se congregaban en la gran plaza a hacer una ceremonia religiosa. Creyó que tramaban una traición y los atacó por sorpresa. Mató a más de setecientos de ellos, por lo que los indios se alborotaron, mayormente cuando los españoles se dieron a buscarlos en sus casas y a robar las joyas de los muertos. Reprendí severamente a Alvarado por su falta de juicio, y a Moctezuma le hice ver la fea traición que parecía aquello de que los nuevos vasallos del rey don Carlos atacasen luego a mis hombres.

Pues así las cosas mientras se estaba gozando de la fiesta, ya era el baile, ya era el canto, ya se enlazaba un canto con otro, y los cantos eran como un estruendo de olas. En ese preciso momento los españoles —todos en armas de guerra— tomaron la determinación de matar a la gente. Cerraron las salidas, los pasos, las entradas. La entrada del Águila, en el palacio menor; la de Punta de Caña y la de la Serpiente de Espejos. Todas las entradas y salidas. Y luego que las hubieron cerrado, en todas ellas se apostaron: ya todos tuvieron que quedarse ahí adentro.

Dispuestas ya las cosas, entraron al patio sagrado para matar a la gente, hombres, mujeres, ancianos y niños; sus escudos de metal en alto, al igual que sus espadas y sus armas de fuego.

Inmediatamente cercaron a los que bailaban, se lanzaron al lugar de los atabales. Dieron un tajo certero al que estaba tañéndolos: le cortaron ambos brazos. Luego lo decapitaron: lejos fue a caer su cabeza cercenada.

Al momento todos acuchillaban a uno y otro lado, alanceaban a la gente y les daban tajos, con las espadas los herían una y otra vez; disparaban fuego frente a sus rostros, borrándoselos. A algunos los acometieron por detrás; inmediatamente cayeron por tierra, dispersas sus entrañas. A otros les rebanaron las cabezas enteramente; hechas trizas quedaron sus cabezas.

A los de más allá les dieron tajos en sus hombros: hechos grietas, desgarrados quedaron sus cuerpos. A aquéllos hirieron en los muslos, a éstos en las pantorrillas, a los de más allá en pleno abdomen. Todas las entrañas cayeron por tierra. Los que recibían fuego era peor, más los desgarraban. Y había algunos que aún en vano corrían: iban arrastrando los intestinos y parecían enredarse los pies en ellos. Anhelosos de ponerse a salvo, no hallaban a dónde dirigirse.

Algunos intentaban salir y ahí en las salidas los herían, los apuñaleaban, les disparaban muy de cerca sus armas. Otros escalaban los muros, pero ninguno lo lograba. Otros se metieron en la casa común y ahí fueron por ellos. Otros se entremetieron entre los muertos, se fingieron muertos para escapar. Aparentando ser muertos, parecían salvarse. Pero si entonces alguno se delataba o se ponía en pie, lo veían y lo acuchillaban, le disparaban fuego desde lo alto.

*La sangre de la gente cual si fuera agua corría
o se detenía, como agua que se ha encharcado. El
hedor de la sangre se alzaba en el aire, y también
el hedor de las entrañas, que todavía parecían
querer arrastrarse.*

*Y los españoles andaban por doquiera en bus-
ca de los que podían haber huido, aunque fueran
mujeres o niños. Muy pocos huyeron y también
ellos fueron muertos. Buscaban en el fondo de las
casas comunales. Por doquiera lanzaban estoca-
das, todo lo escudriñaron.*

Ella corrió hacia la noche, entre los cuerpos y los
gritos y los destellos de las espadas como relámpagos
cegadores, resbalándose en el lodo, en la sangre. Corría
ahogándose pero más bien le parecía no respirar, desplazarse a pesar de su propia voluntad. Logró salir a un
espacio enmascarado del gran patio, a donde la luna
apenas se asomaba, no parecía atreverse a entrar del todo,
lanzaba unos rayos oblicuos.

Él le salió al paso, enorme a pesar de que no era
tan alto, con sus ojos enloquecidos que parecían mirarla
a ella y a la vez mirar hacia todos lados, la nariz aquilina,
las cejas tan pobladas. Le cortó la carrera poniéndole
enfrente la punta de la espada con un rayo de la luna,
ensangrentada por el rumbo de la empuñadura. También
él acezante, sudoroso; el pelo aplastado en las sienes le
infundía una expresión todavía más febril a su rostro. Ella
se paralizó del miedo. Y quizá por el miedo mismo pensó: si él me mira fijamente a los ojos un momento, sólo un
momento, no se atreverá a matarme; ella lo sabía, tenía la
esperanza, todo era clarísimo y tan confuso a la vez.

Ella le hubiera querido decir que ya lo conocía,
que lo siguió en el mercado, que lo vio reírse al tratar de

ajustar a su rostro la máscara de una calavera, que también conoció a su amigo, que le parecían muy dulces sus ojos negros, pero cómo.

La espada cayó a la tierra con un último destello y Felipe se lanzó hacia Nen con unas manos abiertas, extendidas, manchadas de sangre, que eran como unas enormes garras negras. Ella aún quiso correr, pero ya era por demás cualquier intento de fuga. Pegó el primer grito de protesta al sentirlo abrazarla con una fuerza bárbara, innecesaria.

—¡Ti-notzalo, ti-notzalo! —gritaba ella.

Buscaba inútilmente un apoyo en el aire. El abrazo de la armadura era como una losa sobre su pecho, causa directa del estallido de las costillas; la barba rojiza encarrujada raspándole el cuello, el primer beso en los labios sellados quemándola; la caída resbalando lentamente, hechos un ovillo; el golpe seco en la tierra entre manotazos y ráfagas de palabras en idiomas incomprensibles, incomprensibles del todo.

Cada movimiento de él parecía romperle un hueso. Se encogía negándose, se revolvía en la tierra haciéndose aún más daño en la espalda por el peso de la armadura que la oprimía, se arqueaba cimbrándose, la voluntad de no ceder le apretaba la boca o se la abría a gritos, a espumarajos, a mordidas cuando él le acercaba los labios y la intentaba besar. Él le contuvo los arañazos apresándole las manos y la obligó a abrir las piernas, a liberar los grilletes trabantes que ella imponía, quería imponer. Así no, no tenía por qué ser así, en verdad, si la continuaba mirando a los ojos sería más fácil, ella cedería a los destellos de placer, a las intrusas sensaciones que empezaban a invadirla cuando sintió la mano metiéndosele entre los muslos, a ese sollozo ya más suave donde se concentraban la aquiescencia y la entrega, ese respirar hondo que podría fundirlos en un solo jadeo interminable, esa temperatura que lo dice todo, ese arqueo rebelde que lentamente regresa ya a lo horizontal. Ella todavía le suplicó algo en su idioma, dentro de los mocos del llanto, con una voz que era como un puro silbido, buscándolo aún dentro de los ojos antes de que él le pusiera la mano definitiva en la boca, terminando de sellársela mientras continuaba hurgándole por entre las piernas, llevando el ardor hasta el fuego. La mano en la boca la obligó a echar la cabeza un poco más hacia atrás —la noche que entreveía encima le pareció muy baja, como si descendiera— y a partir de ese momento ella no hizo más esfuerzos y se relajó y se dejó ir hacia la oscuridad, a un subir y flotar interiormente —casi hasta un poco también su cuerpo a pesar de la armadura que tenía encima—, con un último latigazo de placer insoportable que, a su vez, desplomaba el mundo, lo hacía estallar con todas las propiedades de un torrente de colores cegadores dentro de los ojos pasmados.

A él, con el mentón dentro de la garganta de ella, le costó un gran esfuerzo salir de ahí, incorporarse a medias sobre un codo, comprender de nuevo que su mano sólo era su mano y no la piel ajena que apresaba, que contenía, que quería hacer suya. Le miró largamente la boca entreabierta que ya no lo escupía, sin gritos, sin aire.

La sacudió una y otra vez, le dijo algo en un idioma que, sabía, ella no podía entender, era por demás hablarle en ese idioma. Aún le dio un beso sin placer, con la intención absurda de revivirla, le intentó limpiar las manchas de sangre de las mejillas —que él mismo le había hecho—, con el dorso de la mano; la buscó en lo más hondo de sus ojos, ya sólo fijos en un punto indefinido del cielo, como queriendo forzarla a mirarlo, ahora era cuando debían mirarse, reconocerse, hasta que se dio cuenta de que la estaba empapando con sus propias lágrimas, embarrándole el pelo en la frente, apretándola contra sí todavía con mayor fuerza que antes, hundiéndosele de nuevo en la garganta, metiéndosele dentro del pecho laxo.

Y cuando se supo de lo que habían hecho los españoles empezó la gritería:

—¡Mexicanos, venid acá! ¡Venid todos acá! Que vengan todos los mexicanos armados: con sus insignias, con sus escudos, con sus dardos. ¡Venid acá de prisa, corred! Han muerto nuestros guerreros. Ha muerto mucha gente nuestra. Han sido aniquilados, oh mexicanos.

Entonces se oyó el estruendo, se alzaron gritos, y el ulular de la gente que se golpeaba los labios, que tardaba en creerlo, que finalmente despertaba. Al momento fue el agruparse todos los capitanes mexicanos, cual si hubieran sido citados: traen sus dardos, sus escudos, sus insignias.

Entonces la batalla empieza: atacan con venablos, con saetas, con jabalinas y aun con arpones de cazar aves. Los lanzan apresurados, con una furia que les impide detenerse más. Cual si fuera una capa amarilla, erizada, las cañas sobre los españoles se tienden.

—Ya ves, Felipe, hay que empezar por reconocer que estamos solos para entonces, sólo entonces, mirar a nuestro alrededor y darnos cuenta de que no somos los únicos que estamos solos.

Era la misma sensación de subir, de desprendérsele el cuerpo del suelo, no encontrar los pies

asidero ninguno y en realidad empezar a descu-
brir que no lo necesitaba más, ya no lo necesitaba
más; penetrar tanto el aire como nunca antes lo
había logrado, ella misma de aire; impulsada hacia
lo alto por esa fuerza secreta que siempre estuvo
ahí, envolviéndola, llevándole sueños y obligán-
dola también a abrir los ojos; la misma que tantas
veces la mantuvo en suspensión como un lirio
sobre el agua, y que de pronto se le manifestaba
plenamente ante los ojos (pero ya no los ojos); en
realidad tan suave como la fuerza que podría
requerirse para abrir un capullo.

Al ver la furia desatada —peor todavía por su
irrupción feroz, repentina, no calculada— sólo pensaron
en huir y en esconderse en el gran palacio que los había
acogido desde que llegaron, donde tenían sus armas más
mortíferas. Aunque ya de poco servían caballos encabri-
tados, arcabuces que lanzaban rayos, lombardas con bolas
de fuego en las entrañas.

—Aunque más daño se hiciera, en realidad ha-
cíamos muy poquita mella. Nosotros peleábamos todo el
día desde nuestro refugio —más a la defensiva que al
ataque— y ellos peleaban por horas, ya que se remudaban
unos por otros y aún les sobraba gente. Y aunque mo-
rían muchos, aún les sobraba gente; en cambio si moría
uno nuestro, ése ya no lo podíamos reponer —decía un
Hernán Cortés abatido, atrincherado en el palacio de
Axayácatl, al mando de un ejército diezmado y confundido. ¿Y los poderes mágicos?

Todavía intentó una última estratagema producto
de la desesperación, peligrosísima porque podía resultar
contraproducente, como finalmente resultó: obligar a
Moctezuma a hablar con su gente desde una azotea de

palacio, convocar al pueblo pacíficamente para una posible reconciliación. Si ya no los adoraban a ellos, ¿adorarían aún a su Tlatoani? Aquel a quien hasta hacía tan poco tiempo ni siquiera se atrevían a mirar de frente, a los ojos. ¿O a quién adoraban ahora entonces?

La multitud se apretujaba convulsa en la plaza. Había un rumoreo constante de inquietud, de descontento, de indignación. ¿Qué había sucedido exactamente en el Templo Mayor? Cada quien añadía algo, inventaba, recordaba, certificaba. Alguna versión era un amasijo de inverosimilitudes y exageraciones. Otra parecía la más certera, apegada del todo a la realidad. Por momentos el murmullo elevaba su volumen hasta la vociferación.

Apenas apareció Moctezuma en lo alto de la azotea empezaron los abucheos y las imprecaciones.

—Mexicanos: les habla su rey —gritó Moctezuma con los brazos abiertos, en el borde mismo del pretil—. Les digo que no luchen más, que dejen en paz el escudo y la flecha. Ellos son los teules, se los digo yo.

—¿Cuáles teules? ¡Asesinos! ¿Por qué permitiste que mataran así a tu gente en el Templo Mayor? ¡Ya no somos tus vasallos! ¡Tu gente son los blancos! ¡Abajo con él!

Se alzó de nuevo el murmullo previo al estruendo de la guerra: algo que estaba en el aire, palpitante, irreprimible, vivificante incluso. Hasta las mujeres y los niños sacaron piedras, hondas y trozos de adobe de debajo de sus ropas, y los lanzaron furiosamente hacia la azotea, entre nuevos gritos de imprecación. La figura del Tlatoani, colmado de plumas de colores, casi irreal de tanto que la hacía reverberar el sol de la mañana, concentraba el blanco del resentimiento, reverso de la adoración anterior. Volaban los proyectiles con un silbido feroz, como de cobra. Los españoles que habían permanecido detrás de Moctezuma corrieron a esconderse, y sólo el emperador de los mexicanos continuó en el mismo sitio, con la misma actitud impasible y los brazos abiertos en forma de cruz. Aún gritó: ¡Mixchia, mixchia...!, cuando una certera pedrada en la frente lo derrumbó.

A la lluvia de piedras la siguió otra de flechas y dardos, y los españoles debieron de responder con sus armas desde lo alto, disparando sobre la multitud —que se dispersó convulsa, como un gran animal desarticulado. Desaparecieron las mujeres y los niños y el palacio fue rodeado por guerreros armados.

Por la noche, Cortés encomendó el envío del cadáver de Moctezuma a seis principales de la corte, quienes lo sacaron del palacio de Axayácatl a hombros. "Que ahí les enviaba el cadáver de su rey...", era el mensaje que dieron los seis principales a los jefes de los guerreros aztecas. Lo recibieron incrédulos, parpadeantes —¿cuánto tiempo atrás ni siquiera se atrevían a mirarlo a los ojos? ¿Quién era ahora ese pobre muñeco de trapo, desgajado, al que cortaron los hilos?

La indignación aumentó durante el entierro. Ya muerto, el pueblo podía volver a conmoverse por él, perdonarlo, culpabilizarse de haberlo apedreado, echarle toda la culpa a los demonios blancos, a ellos. Esa noche los españoles vieron desde el palacio en que permanecían escondidos, la larga procesión con el ataúd en alto al atravesar la ciudad. Los hachones de leña, chisporroteantes, subían espirales de humo al cielo. Un cántico hondo y lastimero brotaba de la multitud, que avanzaba muy lentamente, como acomodando sus pasos al ritmo religioso de su voz. Los cerros de los alrededores vibraban y devolvían miles de ecos magnificados y sonoros.

El resentimiento se exacerbó. La muerte del Tlatoani anunciaba el desastre final. Los mexicanos tuvieron en jaque a los españoles veintitrés días, durante los cuales las acequias fueron desazolvadas; se abrieron, se ensancharon, se les puso obstáculos, ahondaron sus cavidades. ¿Por dónde salir? En cuanto al resto de los caminos, se les pusieron cercos, se les pusieron paredes de impedimento, se cortaban los puentes. Cortés ideó y puso en construcción tres armatostes de madera: especie de carromatos cubiertos con tablones y tirados por indios tlaxcaltecas, de cuyo interior disparaban a diestra y siniestra ballesteros y escopeteros con muy buenos resultados. Él mismo salió a pelear —y resultó levemente herido— al frente de los aparatejos; mas una cosa era matar cientos de indios y defenderse con éxito de los ataques, y otra muy distinta destruir el cerco y abrirse camino a tierra firme. Además —perturbador, subyacente, aguijoneante— estaba siempre el temor a un hambre inminente. ¿Para cuánto tiempo más les alcanzarían los manjares guardados en la cocina del palacio?

Cortés comprendió que mediante la fuerza era imposible salir con vida de la ratonera y concertó una breve tregua y una plática con los capitanes mexicanos. Los subió a la azotea y les habló con mucha solemnidad, la mirada febril de sus mejores momentos de euforia. Les mostró su ciudad, tan resentida por los disparos de los cañones. En la cercanía podían distinguirse casas derruidas, desfondadas y agujeradas; tejas rotas, maderas carbonizadas, nubes de humo que todo lo borroneaban y confundían. Les habló de los muchos que aún morirían, en lo que pararía aquello hasta no quedar en la ciudad ser vivo ni piedra sobre piedra. Los mexicanos contestaron en forma tajante, sin una gota de duda en sus ojos fríos:

—Mira capitán cuánta gente tenemos —y señalaron a los grupos de guerreros que esperaban en actitud hierática alrededor del palacio—. Y podemos tener muchísimos más, tantos que no alcanzarías a contarlos. Si matas a veinticinco mil de los nuestros —Malinzin, que servía de intérprete, confirmó que decían eso: veinticinco mil—, a cambio de uno que te matemos de los tuyos, nomás uno, fíjate, antes acabaremos nosotros contigo que tú con nosotros.

Hombres y argumentos les sobraban:

—Todas las salidas de la ciudad están cortadas y únicamente a nado podrías huir. ¿Pero cómo llegarás al agua si no te dejamos salir? Pronto no tendrás qué comer ni agua para beber. No puedes durar mucho, capitán.

Pero también estaba la pena infinita de mirar un instante más a la Nen que dejaba tendida abajo; el horror y la revulsión de su lucha ahogada, inútil, contra la losa que le oprimía el pecho, la barba picante, las manos como garras negras que le hurgaban dentro del cuerpo, la última bocanada desesperada de aire. Una como ola de autocompasión le despertó un dolor desconocido, más hondo, acrecentado por la sensación de no poder llorar, volcar en lágrimas lo que ahora sólo era viento, noche, nada.

—¿Cuánto tiempo hace apenas que arribamos a esta ciudad blanca, con sus casas como de encantamiento, recibidos como dioses, Felipe?

—¿Y cuánto tiempo hace apenas de la matanza en la gran plaza sin razón alguna, nomás porque nos lo ordenaron, porque a Alvarado le entró la locura de matar por matar porque si no dizque nos mataban a nosotros? Además, tuvo buen cuidado de emborracharnos antes a todos sus soldados con esa bebida que beben aquí, y que está embrujada.

—¿Y cuánto tiempo hace te dije que todo es locura y no quiero imaginar lo que surgirá de esta pesadilla?

—Tragedia.

—¿Qué?

—Que no es pesadilla, es tragedia.

—¿Y hay alguna diferencia?

—Mucha. Una es con los ojos cerrados y la otra es
con los ojos abiertos.

—¿Y ésta fue con los ojos abiertos?

—Bien abiertos.

—En fin, el término es lo de menos. Lo que no
quiero es imaginar a los hijos de esta pesadilla o tragedia.
Yo por eso a veces trato de no eyacular dentro de las
indias que poseo. Digo, es una mínima precaución.

Felipe continuaba con sus fiebres intermitentes y
en los tiempos libres —que cada vez eran más frecuentes— vagaba como alucinado por los salones vacíos del
palacio, crecientemente apabullado por las paredes de
mármol y de jaspe, por los techos bajos de cedro, de pino,
de ciprés. Aunque, sabía, el apabullamiento verdadero
era "otro". Había días que no hablaba con nadie —obe-
decía las órdenes como sonámbulo—, apenas si comía la
frugal ración que le correspondía y por las noches se
revolvía inquieto, sudoroso en la áspera estera y difícilmente lograba conciliar el sueño. De Juan también parecía alejarse y le empezó a resultar fastidioso su tono, a la
vez engolado e irónico. Sin embargo, era el único con
quien de vez en vez intercambiaba algunas palabras.

—¿Recuerdas que te lo dije recién llegamos, Felipe? Toda idolatría es ambivalente, esconde tanta cantidad
de admiración como de resentimiento. Por eso el destino
de todo ídolo es ser derrumbado. Aquí nos tienes a nosotros —decía con la pipa vacía en la mano, dándole chu-
padas al aire desabrido.

Una tarde Felipe se atrevió a contarle sus culpas en una de las piezas vacías. Juan las tomó con una naturalidad excesiva:

—Confiésate entonces, tú que tienes esa salida falsa; pero bueno, a los hombres de fe como tú puede servirles de consuelo momentáneo. Dicen que después de confesarse se sienten buenitos buenitos, hagan lo que hagan —le aconsejó.

—¿Tú no... te arrepientes de todo esto?

—¿De qué? Ya vas a volver a lo de...

—No sólo de eso. Simplemente de estar aquí. De haber llegado aquí. Sobre todo de eso: de haber violado este sitio... Cada piedra que pisamos, cada bocanada de aire que tomamos... ¿O por qué tengo yo esta sensación, tan contraria a cuando soñaba con embarcarme? Tan contraria a cuando iba en el barco mismo. ¿Qué me sucedió de repente, Juan?

—La fiebre te tiene fuera de ti. Te he visto. No comas fruta aunque te quedes sin comer.

—Es el sitio.

Felipe dilataba la nariz para aspirar el penetrante perfume de retama que subía del jardín, casi como una comprobación a lo que decía. El atardecer entraba oblicuo por un alto ventanal, buscaba las telas decorativas de algodón de las paredes, con pelo de conejo y plumas, e iba a rematar como una coronación invisible sobre los rostros de los dos amigos.

—Lo supe desde que llegamos a Yucatán y empecé a enfermar. Esta tierra de los mexicanos está embrujada. Si nos mezclamos con esta gente nos van a contagiar. Por eso de nada sirven misas y rezos y derrumbar a los ídolos. Es más fuerte lo que ellos tienen dentro. Por eso todos estamos como enloquecidos y hacemos lo que no queremos hacer. Nos vamos a condenar. Nos vamos a ir a una sucursal de este mismo sitio.

—A lo mejor después de muertos Dios nos deja aquí mismo. Se ahorra el traslado.

—No te burles, te estoy hablando en serio.

Juan sonrió y le mostró las manos abiertas.

—Es cierto: tú no tienes ese problema gracias a la falta de fe —reconoció Felipe, un poco más tranquilo al haber logrado romper la burbuja de silencio y soledad en que había estado encerrado los días anteriores.

—Ni cielo ni infierno. Debo conformarme con lo que quieran darme de los tesoros de Moctezuma, nada despreciables por cierto.

Felipe retomaba el tema, parecía estremecerse, se abismaba de nuevo:

—No fuimos nosotros los que actuamos la otra noche.

—¿Ah, no? ¿Entonces quiénes?

—"Otros".

—Somos soldados.

—Soldados que venimos a evangelizar, no a destruir.

—Soldados que venimos a conquistar. Desde el principio te engañaste y ahora pagas las consecuencias, además de la mugre enfermedad que contrajiste en Yucatán. Y me pregunto si no tendrá que ver una cosa con otra. Deja de engañarte y te sentirás mejor: sabías a lo que venías. Yo lo sabía. Todos lo sabíamos. Y ya aquí debemos infundirnos valor y decisión —de matar a otros y violar a las mujeres, sobre todo— o nos morimos de la tristeza y del miedo antes que del hambre, de las fiebres que por aquí dan, o de algún certero dardo envenenado. Confiésate, te vas a sentir mejor. A lo mejor es tanta confusión interior la que te sube la fiebre.

Pero no se confesó. Se decía que al día siguiente lo haría, y no lo hizo. Necesitaba primero averiguar él mismo interiormente... ¿qué? El problema fue que cuando quiso hacerlo, ya no tenía ningún confesor cerca.

Todo lentísimo ahí donde precisamente no había medida de lentitud, ni de antes ni de después; algo que empezaba a ser como una duración sin tiempo, plena de apacibilidad y deleite, en un como mar calmo de espejos y cristales.

Había que intentar una fuga nocturna, aprovechar algún descuido del enemigo, elegir muy bien qué noche, evadirse de la ciudad antes de que llegara la luna a malograr el proyecto, jugarse la partida a una carta. Por lo pronto, Cortés urdió la construcción de un puente portátil con los grandes tablones de las torres y de los carromatos, y que antes de ser colocado lo llevarían a lomo cuarenta tlaxcaltecas (ya entonces muy enflaquecidos por la falta de comida), con el fin de salvar el derribo de puentes en las calzadas: complicadísima y lenta operación, pero la única posible salvación. Lo intolerable sería esperar ahí a morirse de hambre.

Listo el puente —sólido, resistente al paso de soldados, caballos y artillería—, faltaba resolver la repartición y el traslado del pesado —tanto como el oro mismo— tesoro de Moctezuma. Cortés separó el quinto del rey, lo entregó a Alonso de Ávila para que lo pusiera a salvo a lomo (como tantas otras cosas) de ochenta y tantos tlaxcaltecas y siete caballos. Como era imposible a esas alturas ponerse a contarlo y distribuirlo equitativa-

mente, hizo constar ante escribano que cada quien lleva-
ría cuanto le fuera posible, lo cual no logró sino aumentar los riesgos: los que más llevaban —rellenaron ávidamente bolsas, bolsillos y armaduras con joyas y
lingotes— fueron los que inevitablemente cayeron primero ante las armas enemigas.

Se eligió una noche cerrada, con nubes espesas
como de humo, pero que reventaron apenas en una llo-
vizna menuda de agujas finas y que además, para desgracia de los fugitivos, no duraron demasiado. Sigilosamente
salió la caravana. Con el pesado puente portátil lograron
traspasar los primeros canales sin asidero, inclementes
como trampas tendidas por sus —hasta ese momento—
invisibles enemigos.

Un grupo de mujeres que sacaba agua de los
canales los vio y al momento puso el grito en el
cielo:

—¡Mexicanos! ¡Anden hacia acá! ¡Ya se van,
ya van traspasando los canales sus enemigos! ¡Se
van a escondidas! ¡Mexicanos, despierten!

La noticia corrió serpenteante por toda la ciu-
dad, casi transmitida dentro de los sueños mismos
de los que dormían. Despertaron, regresaron al
mundo, tomaron las armas que tuvieron a la
mano. El clamoreo creció. La lluvia se iba y la
noche se incendió repentinamente con los hacho-
nes de leña.

—¡No los dejen ir! ¡Mexicanos, no dejen ir a
ninguno! ¡Que ni uno solo escape!

Los guerreros y las barcas salieron a encontrar-
los. Eran barcas guarnicionales de los guerreros
de Tenochtitlan, de los guerreros de Tlatelolco. Pero
también las barcas del pueblo los buscaban.Y

mucha gente del pueblo también corría a pie hacia Nonoalco a alcanzarlos. Otros llegaban por el rumbo de Tlacopan. Iban a cortarles la retirada, a no dejarlos ir sin la venganza de tanto que los soñaron, de tanto haberlos presentido y esperado a que llegaran.

¿O éramos más dioses que nunca en ese momento, Felipe?

Desatado el lazo que la constreñía a la tierra —a la fatalidad de un nombre, de un lugar de nacimiento—, le parecía que podía elevarse en el espacio vacío cuanto le viniera en gana, respirar un aire tan fresco como no lo había respirado antes, aunque ya sólo fuera el recuerdo del sabor del aire, la sensación nítida e impoluta. Aunque también por momentos le parecía que no se había elevado a ningún sitio, que todo se había dado en un puro parpadeo (aquello que fue un puro parpadeo) en el que estallaron interiormente las pirámides, los lagos, las montañas, el mundo entero, las estrellas y las nebulosas que se adivinaban todavía más allá de las estrellas. Ahí adentro, en sus propios ojos (aquéllos), en lo más profundo de sus propios ojos, en donde nacían otras pirámides, otros lagos, otras montañas, otras estrellas, otras nebulosas sólo para ella, determinados por su deseo y nada más que por su deseo. Todo un universo por imaginar. Piezas de un juego infantil que ella misma ordenaba, colocaba y quitaba, puestas, superpuestas, las formaba en torres o las derrumbaba de un soplo; mares convulsos que volvía calmos, vegetaciones inverosími-

*les, ¿por qué no?, tierras del maíz que ella hacía
surcar por infinidad de hilos de agua —los que de
niña aprendió a canalizar con las manos hacia
los sembradíos jóvenes, protegiendo los montículos
donde se escondía la semilla. Los rostros y sabores
que se le resucitaban a plenitud apenas los quería
volver a ver. Las impresiones de aun antes del
recuerdo, al tocar la tierra por primera vez o al
descubrir el sabor de la vainilla, los seres que la
empezaron a rodear, los contactos y los aleja-
mientos con ellos y de ellos, cada gesto y cada
palabra pronunciada o escondida.*

¿Deveras dioses?

Flechas y gritos hendieron lo poco que quedaba
de lluvia menuda. Entre los españoles había un desorden
y una confusión totales. Los pequeños grupos se disemi-
naban, pulverizados más por el miedo que por el ataque
mismo. Disparaban sus armas a bocajarro sin mucho tino,
forcejeaban con los indios que les salían al paso, lucha-
ban cuerpo a cuerpo a cuchilladas, corrían hacia donde
podían, algunos caían al agua, chapaleaban un momento
y se iban al fondo por el peso de lo que llevaban encima.
Oro y joyas quedaban regados por el camino de la fuga.

Felipe vio caer a Juan a manos de tres indios
—o quizá fueron cuatro. En el momento de acercarse lo
remataban con palos y ramas, golpeándolo una y otra
vez, parecía que maldiciéndolo con unos chillidos incomprensibles. Las maldiciones casi lo afectaron tanto como
los golpes que le propinaban. Felipe disparó su arcabuz
hacia uno de los indios sin apuntar, con los tímpanos que
le reventaban, las manos temblorosas. Los indios lanzaron al aire palos y ramas y se esfumaron, como si en
realidad nunca hubieran estado ahí, y él corrió a hincarse

junto a Juan. La cara era una masa tumefacta en la que apenas se abría un ojillo vivísimo y certero, como un último punto de conciencia. Felipe alcanzó a entender la seña de que se le acercara lo más posible a la boca. Le tomó una de sus manos entre las suyas.

—Sabes, Felipe querido, espero que mi opinión sobre Dios mejore ahora que lo voy a tener enfrente; pero a ti te debo una confesión: es sobre la isleñita cubana... no, no digas nada. Era tuya y yo también me metí con ella. Me metía con ella casi cada vez que tú lo hacías... Me metí yo y también otros más... Perdóname.

Felipe le cerró los ojos y sintió un profundo deseo de quedarse tendido a su lado, quizá dormirse y esperar a ver qué sucedía al abrir los ojos, al despuntar el nuevo día, si es que despuntaba. Tendría que haber otro sol. Tal vez lo peor era huir. ¿A dónde? ¿Para qué? La duda le amargó la boca, le cosquilleaba en las manos, le palpitaba en las sienes. Pero el miedo a quedarse ahí solo era más fuerte; se puso de pie y echó a correr, ya sin siquiera recoger el arma.

Tropezaba, resbalaba en el lodo, gateaba, se arañaba las manos, se levantaba y hacía equilibrios. A su corazón resentido le faltaba respiración. A lo lejos adivinaba el rebullir de los aztecas, unos como brillos, destellos y reflejos indescifrables, infernales.

Corría veloz pero doblado, con la barbilla clavada en el pecho, presintiendo hipnóticamente que uno de esos dardos, uno de esos venablos, una de esas jabalinas que por momentos silbaban sobre su cabeza —o él sentía que silbaban sobre su cabeza— le estaba destinada, que corría hacia ellos, y que uno de esos cuchillos de pedernal lo aguardaba para poner fin a su fuga desbocada, vergonzante. ¿Por qué se dirigía siempre, cambiara o no el rumbo, hacia el resplandor rojizo que teñía esa parte del cielo, ahora que se había quitado la lluvia?

A veces, cuando caía por tierra, sentía una extraña sensación bienhechora. Respiraba profundamente, metía la cabeza dentro del pecho, escuchaba el retumbar de su corazón rebelde, sentía pena de sí mismo. ¿Qué hacía ahí, Dios mío, qué hacía ahí? Estaba mareado y sentía náuseas; incluso intentó vomitar, suponiendo que después se sentiría mejor, pero no lo logró y tan sólo se arqueó convulsivamente. Mejor morir que seguir huyendo así, pensó. ¿Dónde quedó su valor a toda prueba, su concepto del honor, su fe en que había que perder la vida para salvarla? ¿Es que habría otro lugar a donde ir aunque lo mataran a uno con palos y ramas y entre maldiciones? ¿Es que en verdad podía haberlo?

Fue como un bofetón brutal que provocó el estallido de las luces en su interior. Oyó con claridad el golpe seco, ¡chas!, de la flecha clavándosele en la mejilla. La arrancó de un solo tirón, tomándola con las dos manos, y enseguida sintió el borbotón de sangre caliente salpicándole la boca y los ojos, envolviéndolo en una ola roja. Giró y cayó al suelo, cubriéndose la herida, intentando torpemente taponearla, detener la profusión incontenible, la sensación de vacío creciente, compacto y negro. Hacía esfuerzos inauditos por alcanzar algunas bocanadas más de aire, las buscaba en un lado y en otro.

—¡Confesión! —trató de decir entre dientes, con un hilito de voz, sólo audible para él, a sabiendas de que era absurdo porque todos sus compañeros iban demasiado adelante y ya ni siquiera tenía voz para ser escuchado. Lo más que lograría sería convocar a los indios para que lo remataran, y era lo peor que podía pasarle.

Tuvo imágenes sueltas de las escenas de guerra en que había participado y aun le pareció ver los rostros aterrorizados de algunos de los indios muertos por su propia mano, y pidió perdón por ello. Veía un rostro y decía perdón Dios mío; veía otro y volvía a pedir perdón.

Estaba tendido boca arriba y sabía que la muerte no podía tardar demasiado. ¿Por qué no perdía la conciencia? ¿Por qué, por el contrario, parecía aumentar? Todo era tan claro. El dolor de la mejilla parecía haberse adormecido —dejando sólo como el eco del dolor— pero la sensación de ahogo crecía. Con la lengua podía recorrer la herida honda en el paladar, la sangre salada que tragaba sin remedio. Sentía los latidos de sus sienes, de su pecho apagándose, cada uno más débil que el anterior. Mantenía los ojos abiertos —sabía que si los cerraba un instante no volvería a abrirlos más—, con todo girando a su alrededor, difuminándose, perdiendo su relieve y su forma, empequeñeciéndose. Todavía hubiera querido inclinarse, apoyarse en un codo, mirar hacia lo lejos, hacia el rumbo por el que huían sus compañeros, saber en qué terminaría la lucha, la fuga, cuál sería la suerte del capitán Hernán Cortés, pero el sopor lo jalaba hacia abajo, incluso le ahuyentaba la desesperación. Alcanzó a entrever, por encima de él, las enmarañadas copas de unos árboles muy altos, meciéndose levemente con el viento, infiltradas de nubes bajas, deshilachadas, con unas estrellas fugaces. Qué quietud, Dios. Qué distinto de cuando corría desaforado, pegando de gritos y con el corazón desbocado. El miedo se había ido y le hubiera gustado soltar una carcajada. Con sus últimas fuerzas, lo intentó una vez más: mirar —entremirar— hacia lo alto, descifrar la imagen que le regresaba sangre al corazón, aún le regresaba sangre al corazón. Se talló los ojos con una mano morosa que apenas alcanzaba a levantarse: hubiera querido desprender el velo rojo que había caído sobre sus párpados en el momento en que arrancó la flecha de la mejilla, ¿sería posible?; el velo rojo, crecientemente

borroso, bajo el que ya se hundía sin remedio, tan apa-
ciblemente. Si por lo menos pudiera conservar la imagen
de ese trozo de cielo, la sensación última de que no estaba solo, los ojos aquellos...

Pero fueron los mismos recuerdos los que le
despertaron el deseo de regresar. La pena infinita
que le invadía cada vez que volvía a verse tendida
en el sitio en donde tomó la última bocanada de
aire, la opresión en el pecho, la mano que hurga-
ba torpemente dentro de su cuerpo. ¿Por qué tenía
que ser así, ahora que ella podía reconstruirlo
todo? Cuando más que ascender entre las burbu-
jas y los cristales y nuevas constelaciones repenti-
nas y fugaces —el alfiler de luz que adivinaba al
final, un como sol incendiado, desintegrador—
quería buscar en la noche que dejaba atrás, aba-
jo, refugiarse en cualquier parte donde aún hu-
biera algo de penumbra, de atardecer irisado de
colores, de otra clase de luz, quizá más de un sol
quemante pero vivo, vivísimo, más de carne, más
de tacto, más y más de tierra, de jardines hirvien-
tes de flores y mariposas, de barrancos cubiertos
de helechos y madréporas, o de playas desoladas
que entreveía, que le olían (de nuevo le olían) a sal
y yodo, que brillaban violentamente, elegidas por
ella —una en particular, con unas olas más bien
altas y fragorosas—, sí, así, ahí, en la que alguna
vez se imaginó estar al acariciarse a sí misma en
cuclillas, niña diosa saliendo lentamente del agua,
a la que arribó entre ahogos y brazadas inútiles
porque en realidad estuvo ahí desde el momento
en que lo deseó y vio el lugar con suficiente clari-
dad, y en donde también lo imagina a él tras una

*bocanada de aire tibio que le llega a la cara, el
calor de un rostro próximo al suyo que le abre
unos ojos redondos, resucitados, y todavía se sor-
prende más con los dedos serpenteantes de ella
que lo rozan apenas, resbalan en diagonal desde
el mentón hasta la base del cuello, donde nace la
barba*

> *—quién nos lo iba a decir, Juan: era así, como el
> revés del pecado, o al contrario, peor aún que el
> pecado: en una playa solitaria y ya sin armadura
> ni ropa ni nada, desolados.*

*La mano que subía de nuevo lentamente por el
cuello, rozaba la barba, las pestañas, las cejas tan
tupidas, entraba en el pelo enredándolo un momento, deslizándose por la piel como en un viaje
infinito, como el viaje del que recién arribaban los
dos, resbalando otra vez hacia la nariz, cayendo
sobre la boca, deteniéndose en la curva de los
labios, metiéndose entre ellos apenas, la uña que
hacía tintinear levemente la punta de un diente
—la primera sonrisa que termina de llevarse la
pena—, el regreso al punto de arranque de la
barba en el cuello.*

> *Eso, el revés de todo, Juan, así es. Sus caricias
> cada vez más decididas, ya sonriendo abierta-
> mente. Su mano entrándome en el pelo, tironeán-
> dome sin piedad, llamándome a lo alto, a acabar
> de despertar, esclavo de rodillas sobre la arena,
> sujeto por el pelo, obligado al primer beso profun-
> do, a prolongar la libación salada y tibia entre sus
> muslos abiertos, al nuevo tirón en el pelo que me
> lanzaba hacia su boca de dientecillos feroces,
> besándome e instándome a continuar, casi obli-
> gándome a ceñirle los hombros con un fuerza y*

una brusquedad —pero ya no quería ser brusco con ella, te juro— que acrecía, perdida en un grito ahogado y continuo, una llamada en la que había casi un rechazo y a la vez como la voluntad de ser violada, poseída con cada músculo, con cada sacudida mía, con cada susurro de aire caliente —como un nuevo lenguaje sólo nuestro— que dejaba en su oreja, con cada nuevo envión de los riñones hacia su vientre, el espasmo con que la empalaba hasta el límite, el movimiento rítmico de nuestras caderas, una y otra vez hasta vaciarme del todo, las manos salvajes corriendo por mi espalda, empujándome más y más contra ella hasta que una convulsión empezaba de nuevo a arquearla, los ojos en blanco, en el momento en que nos conjugábamos en el mismo quejido, en la misma ceremonia de cruces y vírgenes y pechos abiertos en lo alto de una pirámide, en la liberación de esa fuerza conjunta indestructible que era chorro y lágrima y sollozo y la sensación de elevarnos juntos, te juro, de elevarnos juntos.

Nota

Como supongo que su posible lector se acercó a esta novela por las mismas razones por las que fue escrita —¿dónde termina un acto y empieza el otro?—, parece justo mencionar algunas preguntas y lecturas de las que surgió. Decía Cortázar que el epílogo es el espacio en donde se encuentran por fin dos soledades apasionadas para compartir la lectura-escritura recién terminada. "El libro va siendo el único sitio tranquilo de la casa, en el que deveras se puede platicar a fondo con alguien", señalaba. La ventaja de ese diálogo invisible entre lector y autor es que permite, además, suponer que el libro no ha terminado. Mejor dicho, que quizás en realidad apenas empieza.

Por lo pronto, y por una circunstancia más bien personal y hasta un tanto tragicómica —mi abuelo materno fue *Dorado* de Villa y mi abuelo paterno, descendiente directo de españoles, partidario abierto de don Porfirio—, siempre sentí que nuestra condición de mexicanos implicaba sin remedio una como "otredad" no resuelta, algo que no queríamos ver, en el sentido que le dan a ese "ver" los psicoanalistas. Como aquel personaje de Rafael F. Muñoz, podríamos decir: "¡Yo soy puro mexicano! Nada tengo que ver con indios y españoles". Trampa del inconsciente —por volver a lo psicoanalítico— que podría referirnos a lo que Freud llamó "trauma del nacimiento", y que por supuesto preferimos olvidar… Pero la verdad es que no lo olvidamos del todo y es el tipo de cosas que más vale trasladar a la conciencia para evitar que nos haga una mala jugada. ¿Podemos conocernos los mexicanos sin mirar de frente el pasado trágico del cual surgimos? Sombra que se agiganta a nuestras espaldas apenas le volvemos la cara, y nos

sale al paso —oscureciéndolo todo— cuando más olvidada la
teníamos, como bien hemos visto a partir de ese turbulento
enero de 1994. Somos hijos de una tragedia y su negación no
hace sino perpetuarla.

Por lo demás, ¿cuánto sabemos realmente de aquel
mundo azteca que aún hoy nos condiciona en tantos aspectos?
Hay un dato en el admirable libro de Manuel Orozco y Berra
Historia antigua y de la conquista de México que me hizo
reflexionar sobre uno de los aspectos menos vistos, me parece,
de la mentalidad azteca: la represión de la risa en las escuelas.
¿Alcanzamos a suponer lo que eso pudo significar *allá?* Dice
Orozco y Berra : "Las alumnas ocupaban lo demás del tiempo
en coser, hilar y tejer mantas finas y de brillantes colores para
los altares o los númenes. A tiempos, las reunían las superioras
para amonestar el cumplimiento de los deberes, castigar a las
negligentes, imponer algún castigo especial a quienes habían
faltado a la modestia o, sobre todo, reído. Reír era siempre en
el Calmecac fuertemente castigado".

De ser así, ¿no se explica entonces la inclinación de
esa sociedad hacia la crueldad? Crueldad implícita en la dureza
y la solemnidad y que tanto atempera la capacidad —¿instin-
tiva, aprendida?— de reírse un poco de sí mismo y del mundo
en general. Muy especialmente la dureza y la represión que
puede traducirse en crueldad hacia los niños, algo de lo que
sólo me atreví a mencionar en algunos de sus aspectos porque
—oh, el problema del novelista que se acerca a la historia— la
realidad parece sobrepasar nuestra capacidad imaginativa, y
por lo tanto volverse inverosímil, o lo que es peor, morbosa.
Dice en otro pasaje Orozco y Berra: "En el tiempo en que
habían brotado los maizales sacrificaban dos niños, uno hombre y otro mujer, hijos de señores principales, llevándoles a la
montaña de Tláloc, cortándoles la cabeza y conservando sus
despojos en una caja de piedra como si fueran reliquias. En el
mes Atlacahualco sacrificaban en los montes niños de pecho
comprados a sus madres. En el mes Atemoztli sumergían en el
lago un niño y una niña, haciendo zozobrar la canoita en que
los colocaban. Cuando el maíz estaba un poco crecido, com-
praban cuatro niños de cinco a seis años de edad y encerrábanles
en una cueva, dejándoles morir de terror y de hambre". Y el
pasaje lleva un pie de página que hace referencia a las fuentes:

Motolinia, trat. 1, cap. VII. Torquemada, lib. VII, cap. XXI
Sahagún, tomo I, pag. 84.

¿Era Dostoyevski quien decía que el dolor de un niño le volvía inhabitable este mundo y prefería regresar su boleto a Dios?

Por supuesto, la crueldad de los españoles con los indios sobrepasa también nuestra capacidad imaginativa (hay un momento en que resulta ocioso hablar de *grados* de crueldad), y por eso para la descripción de la matanza en el Templo Mayor me basé en el invaluable testimonio que incluye León Portilla en *La visión de los vencidos*, de una riqueza trágica y poética inigualable. ¿Qué narración novelística podría mejorarlo si, como quería Goethe de toda escritura auténtica, parece escrito con sangre del corazón? Sangre derramada en nuestro Templo Mayor —y donde paradójicamente se yergue hoy nuestra Catedral—, que podría simbolizar el primer y verdadero bautizo que nos trajeron los españoles. ¿A la veneración de qué dios oscuro se hizo aquel sacrificio?

El pasaje del intento de suicidio de Moctezuma —axial para entender su actitud posterior— ante la llegada inminente de los teules, y su elección de esconderse, ya en el otro mundo, en una gruta del cerro de Chapultepec —¿se recuerda ese hermoso cuento de José Emilio Pacheco: "Tenga para que se entretenga", que actualiza el mito y casi previene cualquier visita nuestra a Chapultepec?—, el pasaje en cuestión se encuentra en varias fuentes pero, me parece, sólo la interpretación que de él hace Gutierre Tibón lo esclarece y nos lo vuelve comprensible, precisamente por su carácter mágico y hasta abiertamente espiritista. Nos dice Tibón en *Aventuras de los aztecas en el más allá*: "Las visitas al Cincalco de 1517 se parecen a las que los nigromantes del primer Moctezuma hicieron a Chicomóztoc a mediados del siglo anterior; en ambos casos la realidad mágica se debe a la intervención de los hechiceros, algunos de los cuales se llamarían, en lenguaje moderno, médiums. Médiums de efectos físicos (...) No se trata de embaucadores, como siempre y doquiera ha habido, sino de médiums muy expertos: eran todos 'ya gente anciana', que tal vez conocían bien aquel arte, ya perdido por nosotros desde la conquista por considerársele doblemente diabólico: combina los efectos alucinantes de los hongos o del ololiuqui con las evocaciones de los muertos, práctica ésta de todos los pueblos y de todas las épocas. Las materializaciones de los fantasmas, que toman el aspecto inconfundible de la vida y que también hablan, son fenómenos metasíquicos de muy difícil explicación en el estado actual de la ciencia". Algo más que, como se verá, nos quitaron los españoles con su llegada. ¿En cuántas interpretaciones continuará siendo necesaria la magia —y hasta el espiritismo— para entender mejor nuestra historia?

Por otra parte, en la batalla que narro de los conquistadores con los tabasqueños fundí algunas otras —en la primera batalla sostenida no intervinieron los caballos, por ejemplo—, pensando en aquella fórmula de Borges según la cual una novela debe acercarse más a lo simbólicamente verdadero que a lo históricamente exacto. En esos pasajes, y además de las fuentes clásicas como la *Historia* de Bernal, me resultó de gran utilidad el libro de Fernando Benítez: *La ruta de Hernán Cortés*, por su recreación y ambientación y, él sí, exactitud histórica. Libro admirable que nos permite ver con "otros ojos" —y casi oler, sentir, palpar— aquel primer recorrido de los españoles por una geografía invisible, según la frase de Javier Sicilia que puse como epígrafe.

Otro libro del que se encontrarían las huellas fácilmente en esta novela es *Cortés, el hombre*, de Fuentes Mares. En la dedicatoria del libro que me regaló Fuentes Mares —aun hoy es invaluable el recuerdo de su enseñanza y su amistad— me escribió: "Quizá cuando conozcamos y entendamos mejor a Hernán Cortés podamos conocernos y entendernos mejor los mexicanos… No exaltarlo ni juzgarlo ni perdonarlo, simplemente entenderlo". Aunque para entenderlo, ¿será necesario antes exaltarlo, juzgarlo, perdonarlo? Es difícil llegar a la comprensión sin pasar antes por el laberinto de las emociones más encontradas.

Lugar especial merece también la mención del *Hernán Cortés* de José Luis Martínez, sin lugar a duda el mejor en su género. Y otros autores que sería injusto dejar de mencionar son: Christian Duverger, Jacques Soustelle, Yolotl González Torres, Ignacio Bernal, José León Sánchez, Gary Jennings, Carmen Boullosa, Armando Ayala Anguiano (su versión en español moderno de las *Cartas de Relación* es estupenda), Laurette Sejourné, Napoleón Baccino Ponce de León… De

Carlos Fuentes especialmente *Terra nostra, Todos los gatos son pardos* y *El naranjo.* En fin, hasta autores que aparentemente andaban por otros rumbos están en las páginas anteriores, como Alejo Carpentier y Leopoldo Marechal —aquel personaje suyo, don Ecuménico, que se flagelaba en una casa de huéspedes hasta ser descubierto por los vecinos y tachado de loco, inspiró a Felipe a hacer lo mismo… quinientos años antes.

La literatura es el sitio ideal para saciar algunos de nuestros mejores deseos y resolver muchos de nuestros problemas —el de soledad, por lo pronto—, siempre y cuando no se agreguen a las novelas notas demasiados largas. Por lo que será mejor dejar las preguntas últimas —quizá las posibles respuestas también— a Felipe y a Nen, encerrados amorosamente para siempre en un libro que, parece, por fin encuentra su punto final

TÍTULOS DISPONIBLES

EL NARANJO
Carlos Fuentes
0-679-76096-2

ARRÁNCAME LA VIDA
Ángeles Mastretta
0-679-76100-4

LA TABLA DE FLANDES
Arturo Pérez-Reverte
0-679-76090-3

LA TREGUA
Mario Benedetti
0-679-76095-4

LAS ARMAS SECRETAS
Julio Cortázar
0-679-76099-7

EL DISPARO DE ARGÓN
Juan Villoro
0-679-76093-8

EL DESORDEN DE TU NOMBRE
Juan José Millás
0-679-76091-1

LOS BUSCADORES DE ORO
Augusto Monterroso
0-679-76098-9

EL FANTASMA IMPERFECTO
Juan Martini
0-679-76097-0

EL FISCAL
Augusto Roa Bastos
0-679-76092-X

CUANDO YA NO IMPORTE
Juan Carlos Onetti
0-679-76094-6

NEN, LA INÚTIL
Ignacio Solares
0-679-76116-0

Disponibles en su librería, o llamando al:
1-800-793-2665 (sólo tarjetas de crédito)

Nen, la inútil terminó de imprimirse el 30 de octubre
de 1994 en Litográfica Ingramex, S.A. de C.V. Centeno
162, Col. Granjas Esmeralda, 09810 México, D.F.
Se tiraron 5 000 ejemplares más sobrantes
para reposición.